读者丛书
DUZHE CONGSHU

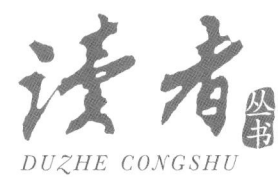

吾师吾母

读者杂志社 / 编

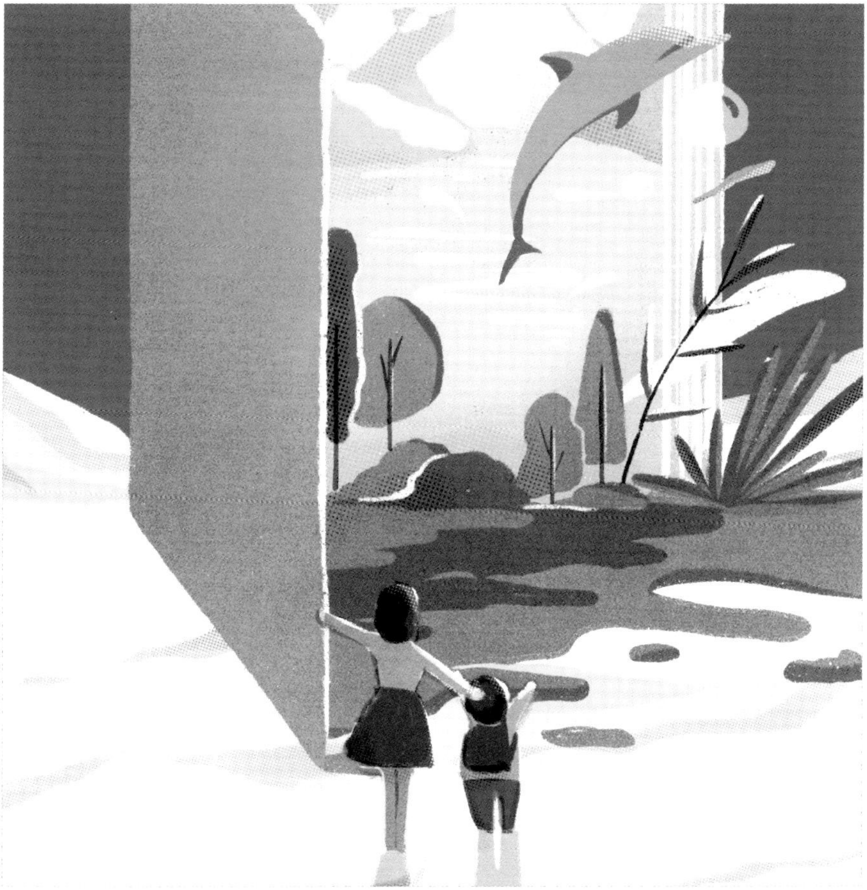

读者出版传媒股份有限公司
甘肃人民出版社

图书在版编目（CIP）数据

吾师吾母 / 读者杂志社编 . -- 兰州：甘肃人民出版社，2023.2
ISBN 978-7-226-05865-7

Ⅰ.①吾… Ⅱ.①读… Ⅲ.①散文集 — 中国 — 当代 Ⅳ.①I267

中国版本图书馆CIP数据核字（2022）第170843号

出 版 人：刘永升
总 策 划：刘永升　马永强　李树军
项目统筹：侯润章　高茂林
策划编辑：贾　真
责任编辑：王建华
封面设计：裴媛媛

吾师吾母

读者杂志社　编

甘肃人民出版社出版发行
（730030　兰州市读者大道568号）

甘肃澳翔印业有限公司印刷

开本 710毫米×1020毫米 1/16　印张 15.25　插页 2　字数 197千
2023年2月第1版　2023年2月第1次印刷
印数：1~3000

ISBN 978-7-226-05865-7　　定价：39.00元

目 录
CONTENTS

001 当世界变得八卦，我变得八股 / 王文华
006 祖母的呼唤 / 牛　汉
009 妈妈，稻子熟了 / 袁隆平
012 寂寞 / 吴念真
015 平生四辱成就曾国藩 / 余　华
018 父爱永不缺席 / 王　塔
024 一句话照亮世界 / 麦　家
026 免费午餐 / 刘心武
029 老娘的地头力 / 王育琨
034 阿嬷的手尾钱 / 秦嗣林
039 妈妈的信 / 陈　虹
044 为了我们共同的未来 / 杨　照
046 萝卜干的滋味 / 林海音
052 在遗忘之前 / 笛　安
057 母爱的重量 / 凸　凹
061 18岁的沉重 / 七堇年
065 一支烟的故事 / 毕飞宇

069 三个真相 / 古　典

073 父亲给三毛的信 / 陈嗣庆

080 一夜长大 / 叶倾城

083 父与子，在路上 / 青衣佐刀

088 菊妹的故事 / 简　媜

091 夏小绿的爱情课 / 林特特

095 当外婆还不是外婆的时候 / 陈　墨

100 念念不忘，必有回响 / 苏尘惜

106 女儿的厨艺 / 尤　今

109 幸福总有缺陷 / 艾小羊

112 母亲的手艺与哲学 / 温　瑶

116 布鞋 / 童庆炳

119 像我那样傻的孩子 / 和菜头

124 功利的母爱 / 林特特

129 初中毕业后 / 贾平凹

133 落在父亲生命中的雪 / 熊荟蓉

137 两个人的电影 / 迟子建

140 爸妈没钱 / 艾小羊

145 时间的猛兽 / 黄昱宁

149 我看见了自己的天才 / 雾满拦江

154 笔墨童年 / 余秋雨

157 蓝袍先生 / 陈忠实

166 你说实话，我不生气 / 孙道荣

169 都是为了你 / 吴淡如

174 读诗 / 琦　君

177 文言启蒙 / 张大春

180 我的母亲 / 蔡志忠

185 吾师，吾母 / 二月河

191 一生一次一世 / 金鱼酱

198 外婆的美学 / 李汉荣

201 那个抄古诗的男孩 / 林少华

203 欢愁 / 林文月

206 体谅你的不正确 / 闫　红

210 一个孩子的清白 / 杨　宙

216 献给母亲的礼物 / 吴　纯

220 父亲归来那一天 / 明前茶

224 月光下的母亲 / 何君华

227 拉大锯 / 焦　波

230 第一支钢笔 / 梁晓声

234 较真儿 / 焦　波

当世界变得八卦，我变得八股

王文华

它们之所以八股，也许正因为它们是对的。我们之所以不喜欢听，也许只是因为我们做不到。

爸爸过世10年了。每年父亲节，我都会再看一遍他当年写给我的信。

他还在世时，我倒没有看得这么仔细，总是嫌信的内容八股，觉得自己很聪明——这些事还要他来说？

10年后，我发现自己并不聪明，而且我也正慢慢变得跟爸爸一样八股。

我爸是军人，从小苦到大，信仰忠孝节义，一辈子报效军队和家庭。我是工商管理硕士，从小没吃过苦，信仰现实主义，一辈子报效的除了自己还是自己。

为什么我会变得跟他一样呢？

唠叨生活小事

爸爸给我的信，有两个主题。一个是关心我生活的小事，另一个是跟我讲人生的大道理。

当年我刚去美国念工商管理硕士时，爸爸写信来：

今后在日常生活上应注意的事项再相勉如次：

一、开车上路前：

1. 先检查汽油与水是否够（引擎发动后千万勿打开水箱盖，因水箱内的水已达沸点100度，会伤及人体）……

二、饮食方面：

1. 少吃冷饮与生食……

三、衣着方面：

1. 要保暖，勿受凉感冒，保健卫生第一……

当时我一笑置之。我是25岁的大人了，还会不知道"不要受凉感冒"吗？我置之不理的另一个原因，是因为他下一封信，一定会再说一次。

比如说，这封信的第七点："尽量避免一个人外出，万勿涉足任何风化区。"我的学校在一个偏僻的小镇，想去风化区都还不知道在哪里。但爸爸似乎对我面对色情的抵抗力颇为质疑。念完第一年的暑假我去洛杉矶实习，毕业后我去纽约工作，他都再度叮咛不可去风化区。毕业两年后我到日本工作，招待客户去了风化区。也许是爸爸的信发挥了威力，除了喝了一杯冰红茶，我还真的什么都没做。

像大部分的孩子，我对于爸爸唠叨生活小事，本能地觉得很烦。但这10年来重看这些信，我突然了解到他为什么要唠叨这些小事。因为，他不知道要跟我谈什么大事。

像大部分的孩子，我不常告诉爸爸我在干吗。比如说在学校学了什么，交了哪些朋友，认识了哪个女孩，工作中碰到什么委屈。不说的原因，是觉得爸妈不懂，或是怕他们担心、干涉、啰唆。很多爸妈问子女好不好，子女的回答都是有一句没一句，同时忙着上网或玩手机。

爸爸对我的大事所知有限，只好关心小事。我猜他也不想如此，但这些小事是我们仅有的话题。这，是谁造成的呢？

别担心钱

子女对爸妈再怎么冷淡，爸妈对子女还是很忠心。我念工商管理硕士的昂贵学费，全是爸妈毕生的积蓄。念书那两年，就像在台湾长大的那20多年，我从没缺过钱，而我觉得那是理所当然的。重看爸爸的信，发现这一段：

> 等我下个月领到这半年的退休俸后，立即把钱汇给你。对于用钱，不论在任何时期都应本着"该用则用，当省则省"的原则。

这一段如此平凡，以至于我第一次看时根本没意识到：原来爸爸已经把他的老本全供我念书了！而当时我只觉得本该如此。

当时我是接受者，不知天高地厚。后来，当我在爱情、工作上变成付出者，才知道一切看似"理所当然、本该如此"的事情，背后有多少牺牲。只不过当我们是接受者时，我们毫无感觉；只有当我们是付出者时，才会计较回报。

人生大道理

爸爸没计较回报,他唯一期待我的是发挥潜力。不管我成功还是失败、上场还是下场,他永远是最看好我的教练。

所以爸爸在信中常讲人生大道理,并且会引用古人的句子来加强分量。在洛杉矶实习时,爸爸的期待比老板还大:

> 在新大陆先求"立足",再求"发展"。拿人一分钱,替人做十分事。如果你在实习期间表现良好,日后公司也会借重你、网罗你,所谓"皇天不负苦心人"。

在洛杉矶期间我想尽办法要到电影公司做事,爸爸看我辛苦地想进入这个不稳定的行业,柔和地劝阻:

> 自从录影带娱乐兴起后,世界电影行业日趋不振,美国影城与当年"八大公司"早已风光难再,若要投身此种行业,将倍感辛苦。

当年,我只挑剔爸爸的逻辑,录影带的前身不就是电影吗?如今,我看出他的用心。他年轻时很喜欢看电影,却不鼓励我进这行,因为他不忍心看我一次又一次地失望。

30岁那年,我在美国金融机构上班,爸爸来信与我"互勉之":

> 人生最大的财富就是知识。你有多深的知识,就有多大的力量。让我们继续努力,继续来分享彼此的学习吧!

没想到他不仅是我的教练,也是我的队友。

穷爸爸与富爸爸

爸爸很穷,走了后没留下什么。但他也很富有,因为他其实留下了一切。他把一生当军人的微薄待遇,全部花在我和哥哥的教育上。我继承了"万贯家财",那就是我的教育和价值观。这财富不用缴税、不必争家产,而且一辈子用不完。

这些价值观,小到"少吃冷饮与生食",大到"拿人一分钱,替人做十分事",乍听都显得八股。但它们之所以八股,也许正因为它们是对的。我们之所以不喜欢听,也许只是因为我们做不到。

毕竟,爱,不就是最老的八股吗?

我受过最好的教育,看过最好的公司,但我发现自己也慢慢变成冬烘先生,并且以此为荣。我会对妈妈说:"看着路,小心车。"也会对同事说:"早点睡,多休息。"难道我没有更高的期望,更有趣的话题?我有。但我选择这些最平实的主题和话语。因为我和当年我爸爸以及天底下所有的父母一样,知道这些平凡小事,才是最恒久、最重要的价值。

当世界变得八卦,我变得八股。爸爸走了10年后,我变成了他。

(摘自《读者》2011年第1期)

祖母的呼唤

牛 汉

在一篇文章里，我说过"鼻子有记忆"的话，现在我仍确信无疑。我还认为耳朵也能记忆。具体说，耳朵深深的洞穴，天然地贮存着许多经久不灭的声音。这些声音，似乎不是心灵的忆念，更不是什么幻听，它是直接从耳朵秘密的深处飘出来的，就像从幽谷的峰峦缝隙处渗出的一滴滴叮咚作响的水，这水珠或水流永不枯竭，常常就是一条河的源头。耳朵幽深的洞穴是童年牧歌的一个源头。

我14岁离开家乡以后，有几年十分想家，常在睡梦中被故乡的声音唤醒，有母亲急促而沉重的脚步声，有祖母深夜在炕头因胃痛发出的压抑的呻吟。几十年之后，在生命承受着不断的寂闷与苦难时，常常能听见祖母殷切的呼唤。她的呼唤似乎可以穿透几千里的风尘与云雾，越过时间的沟壑与迷障："成汉，快快回家，狼下山了！"我本姓史，成汉是我的本名。

童年时，每当黄昏，特别是冬天，天昏黑得很突然，随着田野上冷峭的风，从我们村许多家的门口，响起呼唤儿孙回家吃饭的声音。极少有男人的声音，总是母亲或祖母的声音。喊我回家的是我的祖母。祖母身体不好，在许多呼唤声中，她的声音最细最弱，但不论在河边、在树林里，还是在村里的哪个角落，我一下子就能在几十个声调不同的呼唤声中分辨出来。她的声音发颤、发抖，但并不沙哑，听起来很清晰。

有时候，我在很远很远的田野上和一群孩子逮田鼠、追兔子、用锹挖甜根苗（甘草），祖母喊出第一声，只凭感觉，我就能听见，立刻回一声："奶奶，我听见了。"挖甜根苗，常常挖到一米深，挖完后还要填起来，否则大人要追查，因为甜根苗多半长在地边上。时间耽误一会儿，祖母又喊了起来："狼下山了，狼过河了！成汉，快回来！"偶尔有几次，听到母亲急促而愤怒的呼吼："你再不回来，不准进门！"祖母的声音拉得很长，充满韧性，就像她擀的杂面条，那么细，那么有弹力。有时全村的呼唤声都停息了，只有野成性的我还没回去，祖母就焦急地一声接一声喊我，声音格外高，像扩大了几十倍，小河、树林、小草都帮着她喊。

大人们喊孩子们回家，不是没有道理。我们那一带，狼叼走孩子的事不止发生过一次。前几年，从家乡来的妹妹告诉我，我离家后，就在我们家大门口，大白天，狼就叼走一个两三岁的孩子。狼叼孩子非常狡猾，它从隐蔽的远处一颠一颠不出一点声音地跑来。据说它有一只前爪总是贴着肚皮不沾地，以保持这个趾爪的锐利，所以人们叫它"瘸腿狼"。狼奔跑时背部就像波浪似的一起一伏，远远望去，异常恐怖。它悄悄在人背后停下来，人几乎没有感觉。它像人一般站立起来，用一只前爪轻轻拍拍人的后背，人以为是熟人打招呼，一回头，狼就用那个锐利的趾爪深深刺入人的喉部。因此，祖母常常警告我："在野地走路，有谁拍你的背，千万不能回头!"

祖母最后的呼唤声,带着担忧和焦急。我听得出来,她是一边吁喘,一边使尽力气在呼唤我啊!她的脚缠得很小,个子又瘦又高,有一米七以上,走路时颤颤巍巍的,只有扶着我家的大门框才能站稳。由于她几乎天天呼唤我回家,久而久之,我家大门的一边门框,手扶着的那个部位变得光滑而发暗。祖母如果不用手扶着门框,不仅站不稳,呼唤声也无法持久。天寒地冻,为了不至于冻坏,祖母奇小的双脚不时在原地蹬踏,她站立的那地方渐渐形成两块凹处,像牛皮鼓面的中央因不断敲击而出现的斑驳痕迹。

我风风火火地一到大门口,祖母的手便离开门框扶着我的肩头。她从不骂我,至多说一句:"你也不知道肚子饿!"

半个世纪来,或许是命运对我的赐予,我仍在风风雨雨的旷野上奔跑着,求索着,依我的体验写诗,跟童年时入迷地逮田鼠和兔子、挖掘甜根苗的心态异常相似。

祖母离开人世已有半个世纪之久了,但她立在家门口焦急而担忧地呼唤我的声音,仍然一声接一声地在远方飘荡着:

"成汉,快回家来,狼下山了……"

我仿佛听见了狼凄厉的嗥叫声。

由于童年时心里感受到的那种对狼的恐惧,在人生道路上跋涉时我从不回头,生怕有一个趾爪轻轻地拍我的后背。

"旷野上走路,千万不能回头!"祖母对我的这句叮咛,像警钟一样在我的心里响着。

(摘自《读者》2011年第4期)

妈妈，稻子熟了

袁隆平

稻子熟了，妈妈，我来看您了。

本来想一个人静静地陪您说会话，安江的乡亲们实在是太热情了，天这么热，他们还一直陪着，谢谢他们了。

妈妈，您在安江，我在长沙，隔得很远很远。我在梦里总是想着您，想着安江这个地方。

人事难料啊，您这样一位习惯了繁华都市的大家闺秀，最后竟会永远留在这么一个偏远的小山村。还记得吗？1957年，我要从重庆的大学分配到这儿，是您陪着我，脸贴着地图，手指顺着密密麻麻的细线，找了很久，才找到地图上这么一个小点点。当时您叹了口气说："孩子，你到那儿，是要吃苦的呀……"我说："我年轻，我还有一把小提琴。"没想到的是，为了我，为了帮我带小孩，把您也拖到了安江。最后，受累吃苦的，是妈妈您哪！您哪里走得惯乡间的田埂！我总记得，每次都要小孙孙牵着您的手，您才敢走过屋前屋后的田间小道。

安江是我的一切，我却忘了，对一辈子都生活在大城市里的您来说，70岁了，一切还要重新来适应。我从来没有问过您有什么难处，我总以为会有时间的，会有时间的，等我闲一点一定好好地陪陪您……哪想到，直到您走的时候，我还在长沙忙着开会。那天正好是中秋节，全国的同行都来了，搞杂交水稻不容易啊，我又是召集人，怎么着也得陪大家过这个节啊，只是儿子永远亏欠妈妈您了……其实我知道，那个时候已经是您的最后时刻。我总盼望着妈妈您能多撑两天。谁知道，即便是天不亮就往安江赶，我还是没能见上妈妈您最后一面。

太晚了，一切都太晚了，我真的好后悔。妈妈，当时您一定等了我很久，盼了我很长，您一定有很多话要对儿子说，有很多事要交代。可我怎么就那么糊涂呢！这么多年，为什么我就不能少下一次田，少做一次实验，少出一天差，坐下来静静地好好陪陪您。哪怕……哪怕就一次。

妈妈，每当我的研究取得成果，每当我在国际讲坛上谈笑风生，每当我接过一座又一座奖杯，我总是对人说，这辈子对我影响最深的人就是妈妈您啊！无法想象，没有您的英语启蒙，在一片闭塞中，我怎么能够阅读世界上最先进的科学文献，用超越那个时代的视野，去寻访遗传学大师孟德尔和摩尔根？无法想象，在那个颠沛流离的岁月中，从北平到汉口，从桃源到重庆，没有您的执着和鼓励，我怎么能获得系统的现代教育，获得在大江大河中自由翱翔的胆识？无法想象，没有您在摇篮前跟我讲尼采，讲这位昂扬着生命力、意志力的伟大哲人，我怎么能够在千百次的失败中坚信，必然有一粒种子可以使万千民众告别饥饿？他们说，我用一粒种子改变了世界。我知道，这粒种子，是妈妈您在我幼年时种下的！

  稻子熟了，妈妈，您能闻到吗？安江可好？那里的田埂是不是还留着熟悉的欢笑？隔着21年的时光，我依稀看见，小孙孙牵着您的手，走过稻浪的背影；我还要告诉您，一辈子没有耕种过的母亲，稻芒划过手掌，稻草在场上堆积成垛，谷子在阳光中毕剥作响，水田在西晒下泛出橙黄的味道。这都是儿子要跟您说的话，说不完的话啊。

（摘自《读者》2011年第14期）

寂 寞
吴念真

阿照跟她的爸爸一点都不亲,就连"爸爸"似乎也没叫过几次。

这个爸爸其实是她的继父。妈妈在她4岁的时候离了婚,把阿照托给外婆照顾,自己跑去北部谋生。阿照国小二年级的时候,妈妈带了一个男人来,说是她的新爸爸。不过,她不记得那时候是否叫过他,记得的反而是那男人给了她一个红包,以及她从此改了姓。改姓的事被同学问到气、问到烦,所以这个爸爸对她来说不仅陌生,甚至从来都没有好感。一直到国中三年级,阿照才被妈妈从外婆家带到北部"团圆"。听说这还是那男人的建议,说如果以后想要考上好大学,她就应该到北部来读高中。那时候妈妈和那男人生的弟弟都已经上小学了。

男人在工厂当警卫,有时日班,有时夜班;妈妈则在同一家工厂帮员工办伙食,早出晚归,一家人始终没有交集,各过各的。不久之后,阿照考上台北的高中，租房子自己住，即便假日也很少回去。

外婆在阿照大三那年过世，不过，之后的寒暑假，阿照也同样很少回家。她给自己的理由是要打工、读书、谈恋爱，其实自己清楚真正的原因是对那个家根本一点感情也没有。不过，那男人对待两个孩子有很明显的待遇差别，比如跟儿子讲话总是粗声粗气，对阿照则和颜悦色，过年给的红包永远是阿照的比较厚，儿子只要稍微嘟囔一声，他就会大声说："你平常拿的、偷的难道还不够多？"

阿照大学毕业申请到美国留学的那年，他从工厂退休，妈妈原本希望阿照先上班，赚到钱再去留学，没想到他反而鼓励她说，念书就要趁年轻。阿照记得那天她跟他说："爸爸……谢谢！"一说出口就觉得自己可耻，因为在这之前她不记得是否曾经这么叫过他。

从美国回来后，阿照在外商公司做事。弟弟在她出去的那几年好像出了什么事，躲得音信全无，连几年前妈妈胰腺癌过世都没回来。孤孤单单的爸爸也没给阿照增加什么负担，他把房子卖了，钱交给阿照帮他管理，自己住到老人公寓去了。

阿照也一直单身，所以之后几年的假日，他们见面、聊天的次数和时间反而比以前多很多。一天阿照去看他，他不在，阿照出了大门才看到他坐出租车回来，说是去参加朋友的葬礼。阿照陪他走回房间的路上，他一直沉默着，最后才跟阿照说可不可以帮他买一个简单的相机，说他想帮几个朋友拍照，理由是："今天老宋的那张遗照真不像样！"后来阿照帮他买了。

去年冬天他过世了。阿照去整理他的遗物。东西不多，其中有一个大纸盒，阿照发现里头装着的是一大沓放大的照片和她买的那部照相机。相机还很新，也许用的次数不多，也许是他保护得好，因为不仅原装的纸盒都还在，里头还塞满了干燥剂并且罩上了一个塑料套。

至于那些照片，拍的应该都是他的朋友，都老了，背景有山边果园，有门口，有小巷，也有布满鹅卵石的东部海边。不过每个人还都挺合作，都朝着镜头笑，就连一个躺在病床上插着鼻、胃管的老伯伯也一样，甚至还伸出长满老年斑的手臂，用弯曲的手指勉强比了一个"V"。

阿照一边看一边想象着他为了拍这些照片所有可能经历过的孤单的旅程……想象他独自坐在火车或汽车上的身影，他在崎岖的山路上踯躅的样子，他和他们可能吃过的东西、喝过的酒、讲过的话，以及最后告别时可能的心情。

当最后一张照片出现在眼前的时候，阿照先是惊愕，接着便是无法抑制地号啕大哭。照片应该是用自动模式拍的，他把妈妈、弟弟，还有阿照留在家里的照片，都拿去翻照、放大、加框，然后全部摆在一张桌子上，而他就坐在后面，用手环抱着那三个相框朝着镜头笑。

照片下边就像早年那些老照片的形式一般印上了一行字，写着："魏家阖府团圆，2009年秋。"阿照说，那时候她才了解那个男人那么深沉而无言的寂寞。

（摘自《读者》2011年第23期）

平生四辱成就曾国藩

余 华

曾国藩曾在给弟弟曾国荃的一封家书中特别谈到了自己一生中最难忘、难堪的4次教训。曾国藩为什么要写这封信给弟弟呢？原来，当时曾国荃刚剿灭了太平天国，被慈禧封为湖北总督，但他在湖北境内得罪了慈禧的宠臣官文，一个月内几次被慈禧严斥，同时京城大小官员也都认为他居功自傲、目中无人。这时的曾国荃可谓精神焦虑、夜夜失眠，甚至一度得了抑郁症，从而萌生了退朝还乡的念想。

看到弟弟如此消极抑郁，为了开导他，57岁的曾国藩在金陵官署给弟弟写了一封信，痛陈自己一生引以为耻的4次重大教训。他在信中说，自己30年来宦海浮沉，一辈子失败不如意的事情很多很多，但主要有4件事，使他终生难忘。

第一件事是：道光十二年，他到湘乡县考秀才，在应试中被主考官当众斥责，说他写的文章文理不通，秀才没考上。第二年，他再次应县试，仅中背榜（末名）秀才。这对文才甚为自负，恨不能与韩愈、柳宗元同代以分上下的曾国藩来说，无疑是巨大的打击。但曾国藩不怨天、不尤人，反而激起发奋读书的信念。他说，自古以来确实有一些人靠丑陋文章侥幸获取功名，但好文章绝不会被埋没。这使他定下了每天作一篇文章、写一首诗，看书不少于20页的学习计划。

第二件事是：咸丰元年，已是翰林的曾国藩向咸丰帝汇报工作，为了对工作情况进行详细说明，他还画了一幅图，但这图画得丑陋不堪，引起了满朝大臣的嘲笑。

第三件事是：咸丰四年（1854年），曾国藩在岳州的靖港兵败。当时，他要跳水自杀殉国，幸亏被他的幕僚章寿麟救起，狼狈逃回后搬到城南高峰寺小住，遭到江西全省官绅的鄙夷和耻笑。

第四件事是：咸丰五年（1855年），在九江兵败，石达开总攻湘军水营，火烧湘军战船一百多艘，曾国藩坐船被俘，后来他硬着头皮逃到江西，又弹劾了江西的巡抚、按察使；第二年当他被围困南昌时，江西省的官绅人人幸灾乐祸。他与江西官员的关系，更是到了几乎没有一个人能容得下他的地步。曾国藩形容自己的处境是："一听到春风的怒号，心就要碎了；一看见敌人的战船开过来，就急得绕着房子转圈，没有好办法。"后来他的老乡王闿运写《湘军志》时说："曾国藩在江西实在悲苦，现在想来，仍让人忍不住流泪。"

曾国藩在信末对弟弟说：我平生的长进全在受挫受辱的时候，所以我现在虽然侥幸成了大名人，也不敢自诩为有本领，更不敢自以为是。你一定要咬牙立志，积蓄自己的斗志，增长自己的智慧，千万不要从此气馁。要想立不世之功，成不世之业，离开了"坚忍"二字是不可能的。

其实，任何人的成功都是从磨炼中得来的。挫折和失败并不是人生中的意外，而是一个人成长道路上的必然，是生活最珍贵的馈赠。

（摘自《读者》2012年第1期）

父爱永不缺席

王 塔

生与死的区别,也许在陈卫民两年前被确诊为尿毒症晚期后就变得不那么分明,但谁来照顾他3岁的儿子,成了他现在最大的担忧。为了不让父爱缺席,他给儿子写了5封信,希望儿子在未来的5个时刻打开。

31岁的陈卫民是湖南邵阳隆回人。2003年,陈卫民从湖南商学院毕业,随后来到广东打工。2009年,摸爬滚打了数年后,陈卫民的月收入近万,准备在5月和女友回邵阳正式结婚。然而,2009年2月11日,还在邵阳家中的陈卫民在洗漱时突然一阵狂呕,回到广东后,他去广州市医学院附属第二医院检查,被确诊为尿毒症晚期。之后,准备买房的钱被用来治病,陈卫民最终也没能与未婚妻在一起,"为了不耽误她的幸福,我把她赶走了。"

陈卫民有一个儿子,已经3岁了,是他和未婚妻的孩子。陈卫民说,给儿子写信的念头从他的病被确诊后就有了,"我想告诉他,虽然父亲不在了，但父爱永远不会缺席。"信直到2011年10月份才动笔，一共写了5封。陈卫民说，这5封信是想让儿子在几个人生重大的时刻才打开，他写下的落款日期分别是2020年9月、2026年10月、2030年、2036年、2038年，分别对应着儿子上初中、读大学、入职、结婚、生子的大概时间。信中大多是陈卫民多年的生活经验，包括对亲情、爱情和职场的忠告。

陈卫民说，他还是会很努力地活下去，虽然他写了这5封信，但他更期望能亲眼见证儿子的那些时刻。

第一封信

儿子：

这一天，你上初中了。爸爸可能已经去了遥远的天国。很遗憾，别人都有父母送着上学，你却没有。你曾经多次问过我，妈妈去哪了，爸爸没办法回答你。今天，我决定将真相告诉你。我与你妈妈在2006年相爱，2008年生下了你。爸爸后来被检查出尿毒症，万般无奈之下爸爸与你妈妈分手了。你母亲很漂亮，很善良，也很伟大。她怀着你的时候，坐摩托车不小心伤了脚，需要做手术。因为怕麻药对肚子里的你有影响，她忍着剧痛不让医生打麻药，将一枚钢钉植入脚里。那是一种怎样的疼痛啊！她痛得大汗淋漓，却没有吭一声！做手术的医生眼里都有泪花了。只有母亲，才会这样做！所以，不管你母亲后来做了什么样的决定，你都要尊敬她，不要记恨她，只要记住，是她给了你生命！以后在你有出息的时候，你要认她，你要孝敬她。

孩子，你是很有孝心的人。记得我在邵阳住院的时候，吃饭时你把肉都夹给我，说爸爸疼，肉要给爸爸吃。当时爸爸很欣慰。古时候有"融四岁，能让梨"，当时你3岁还不到，就能够让肉。希望你用同样的孝心来孝敬你母亲。要知道，小时候你喝的奶粉，这些年你上学花的钱，有很多都是妈妈悄悄给的。妈妈虽然跟你见面少，但是她的爱随时都在啊！孩子，你从小由爷爷奶奶带大，爷爷奶奶为了你操碎了心，有时候他们的话稍微多了点，请不要嫌他们啰唆，毕竟他们是为了你好啊。孩子，爸爸没有给你留下什么财富，只能留下一些忠告。要是听进去了，忠告也许就会变成财富。

孩子，爸爸其实并没有走远，爸爸的爱会一直陪在你身边。在你人生的重大时刻，爸爸可能会缺席，但爸爸的爱从来不会缺席！

今天这封信，可能由你妈妈交给你。以后，在你人生的重大时刻，爸爸还有几封信由她交给你。

爱你的父亲
2020年9月

第二封信

儿子：

今天，你成年了，这意味着你是一个男子汉了。爸爸在你这个年龄考上了大学，希望你正在为你的梦想而奋斗，并取得成绩。

我上次说过，你得感谢你母亲，是她给了你生命，你要认她。这些年，你母亲还是在默默地为你付出，默默关注着你。今天，应该也是她为你高兴的日子，从今以后，你将离开父母的羽翼，去独闯一片属于自己的天空。

爸爸一直相信你是真正的男子汉。你从小就有这种气概。若考上了理想的大学，你要好好地念；没考上的话，也要安心学一门技术。这个社会，能改变命运的不仅是知识，也有技术。

小时候你不是盼着自己快快长大吗？今天，你终于可以挺起胸膛说："我已经不是小孩子了！"你有了发达的肌肉、钢铁一样的臂膀，更重要的是，你有了一个更加成熟睿智的大脑！

拿出你成年的豪气与自信，告诉爷爷奶奶，告诉妈妈："从今以后什么事情都不用怕，有我呢！"

2026年10月

第三封信

吾儿：

恭喜你，经过几年的深造，你已经成为一名合格的大学毕业生了，今天，你将走向社会，可以挣钱养家糊口了。

作为职场过来人，我有几点忠告要告诉你：

第一，对你的工作保持兴趣。职场提供的不仅仅是饭碗，若工作只是为了饭碗，那这饭碗肯定不长久。只有兴趣，才是你工作的动力源泉。

第二，对上司保持敬畏。无论你今天多么得到老板的赏识，千万不要成为你骄傲的资本，否则平时有多得意，失势时就有多惨。

第三，对同事保持谦和。少说话，多做事，做个勤快的人。多做点事，你不会吃亏的。

第四，学会坚持。当年我的导师告诉我，毕业后坚持7年做同一件事，多多少少会有所成就。

第五，随时发现你身边的一棵棵"大树"。人脉关系是靠自己的勤劳编织出来的，不要到了要人家帮忙的时候才想起朋友。平时多打电话多问候，别吝啬你的好意。你二叔颇懂职场之道，若有工作上的烦恼，你可以多向他请教。

2030年

第四封信

吾儿：

今天，你结婚了。虽然爸爸没能见证你人生的这一喜庆时刻，但当司仪高唱"二拜高堂"的时候，我一定会感觉到的。真替你高兴。

相爱简单，相处却是一门学问。

从今以后，我希望你们共同经营好爱情，经营好婚姻。

保持高度的责任感；记住你对她许过的承诺；爱情需要保鲜。

保持或者培养共同的爱好，这会让你们一辈子有说不完的话。

牢固的婚姻需要诚实。在老婆面前要坦诚。要知道，世上能陪你走完一生的，就只有老婆。在老婆面前撒谎，迟早要穿帮的。

我会在天国保佑你们夫妻恩爱，白头偕老。

2036年

第五封信

陈文博：

今天没叫你"儿子"，因为你也当爹了。在产房门口聆听到那一声啼哭，你是否也激动万分？

有很多事，只有自己当爹了才能够明白。今天，你一定理解一个父亲的良苦用心了吧！

　　从今以后，你也将体会到你对孩子全无保留的爱，以及望子成龙的希望。

　　也只有当了爹，你才成为真正的男人。

　　父子连心，有很多话我不说你也明白。就像此刻，你肯定正深情凝视着襁褓中那张熟睡的小脸，亲了又亲。要知道，当年我也是这样抱着你、凝视你啊！

　　只有当了爹，才知道当爹的不易。你得含辛茹苦，给他无微不至的爱，教他做人、求知、成才。如山的父爱，就这样一代代传承。

　　你得把这个好消息告诉你母亲。

　　再次嘱咐你，善待你母亲。此生我与你母亲有遗憾，若有来生，我还是愿意娶她！若有来生，我们三个一定共同完完整整地度过！

永远爱你们的父亲
2038年

（摘自《读者》2012年第3期）

一句话照亮世界

麦 家

"家有良田,可能要被水淹掉;家有宫殿,可能要被火烧掉;肚子里的文化,水淹不掉,火烧不掉,谁都拿不走。"

这句话是我父亲说的。我父亲是个农民,只读过一年私塾。

我成长在那个政治挂帅的年月,我家成分不好,可以说高中之门对我彻底关闭。所以,我上了初中就没好好读书,破罐子破摔,成绩很差。1977年年底,国家恢复高考,父亲觉得来年高中可能也会变政策恢复考试,于是开始关心我的学习。这句话就是父亲为鼓励我好好读书专门找我说的。

在乡下,大人和孩子间平时的交流其实很少,在我的印象中,这是父亲第一次找我聊天。这次谈话父亲显然作了准备,并赋予了一定形式,专门把我叫到了几公里外的一所高中,也就是我后来读高中的地方。我永远记住了这句话,既是因为这句话的道理一下被我领会了,也是因为这句话对父亲来说太华丽、太哲理、太知识分子，简直不像父亲说的话。

我后来想，为了这句话，父亲也许想了一夜，也许讨教了某位老师，也许是灵感突发、灵机一动。总之，这句话永远烙在了我心里。改变一个人有时候就是一句话，一夜之间，一念之间。当我带着这句话去上学后，我变了，我像换了一个人，至少是换了一颗心、换了一台发动机。那年，我们全校两个毕业班，总共98名同学，只有5人考上高中，我幸运地成为其中一员。

这是我人生的第一个转折，我现在所有的一切，都是从这里起步的。父亲送我的这句话，其实是给了我一个支点、一个世界。

（摘自《读者》2012年第11期）

免费午餐

刘心武

父亲在世时，曾向我讲述过他年轻时获得过的一次免费午餐。那时父亲才十七八岁，一个人在社会上闯荡，他本想投考名牌大学，无奈身无分文，只好向祖父的一位老友求助，此人当时在社会上已享有很大的名气，经济状况极佳，并且从小看着他长大。同年夏天，父亲考上了协和医学院，这令他万分兴奋，而筹措学费成了当务之急。

那位名人见了父亲，不待父亲发话，便感慨万千地说我祖父这人性格真够特别，竟可抛下家小一个人远走高飞！又说我后祖母实在不像话，祖父寄回的钱居然一个子儿也不给我父亲，书香门第的后裔沦落成了流浪青年！

父亲听了非常感动，过了一会儿，有电话打进来，名人便和蔼可亲地对父亲说："中午有个饭局，无妨一同去，席间可以继续聊。"父亲就跟着那位名人，乘坐当时仍颇时髦的弹簧马车到了前门外的撷英番菜馆，这是当时显贵名流们才有财力与雅兴去消费的一家著名的西餐馆。

那天在席间出现的，几乎都是后来进入历史的人物，有的是社会活动家，有的是艺术家，有的是学者、教授。刚进入餐厅时父亲惶恐不安，非常自卑，但那位名人牵着他的手引他入席，并向大家介绍说他是祖父的公子，显然祖父在这些人心目中也是有相当分量的，父亲发现席间的名流们对他都很友善，于是也就慢慢放松下来。

父亲没有详细地向我讲述这顿免费午餐的结局，但有一点是交代得很清楚的：他没能从那位名流伯伯那里得到另外的帮助。

我问父亲："您饭都吃了，为什么不能要求他借给您钱呢？"

父亲说："他们一直聊得很欢，我简直没有办法插进话去。"

我再问："吃完饭，您可以单独向他提呀！"

父亲说："饭局一散，我发现他们都忙极了，各人都有自己的'下一站'……我实际上也没有办法找到一个单独的机会……人们都纷纷礼貌地、甚至可以说是带有爱怜之情地跟我握手告别……"

我还问："那么，您可以再到他家里找他呀！"

父亲说："也曾有过那样的念头，不过，没有去……"

我说："是因为觉得他太虚伪了吧？"

父亲正色道："不！怎么能怪人家虚伪呢？那顿午餐，人家让我一起去，是真心真意的！"

我说："可是，他到头来没有借给您钱呀！"

父亲说："我讲这件事给你听，是要你悟出来，别人本来就不欠你的！在你的一生中，你应该尽量去帮助别人，可是却一定不要有依赖别人的想法！别人可能会向你提供一顿免费午餐，但你自己一生的餐饭事业，还是需要你自己去挣出来！"

（摘自《读者》2012年第12期）

老娘的地头力

王育琨

问题和解决问题的方法同在

老娘叫吕春华,生于1920年,育有我们兄妹6人,我是"老儿子"。20世纪五六十年代,山东农村很苦。父亲在离家很远的供销社上班。娘是个小脚女人,用她并不强壮的肩膀撑起了这个家。她白天下地干农活挣工分,晚上常常还要去磨面或弹棉花。据说,老娘生我的那天,白天还下地干了一天农活,半夜里把我生下来,第二天又下地干活了。

不知为什么,父亲一直顶着一个"历史反革命分子"的帽子。也因为这层关系,我们家在村里被划为"地富反坏右",老娘不但要承担所有的体力活,还要承担一些精神上的污浊。可是,在我的记忆中,老娘常常爽朗地大笑。

我们村同我家一样女人顶家的，有两个孩子的，老大连初中都上不了，就要回家干活挣工分了。娘虽是文盲，却没有这么短视。她说："我的孩子不能像我一样活！我头拱地也要让孩子去上学！""我头拱地也要把这事办了！""头拱地""头拱地""头拱地"，这个词深深烙在了我幼小的心灵中。

在老娘"头拱地"的意识和行为中，1961年我大哥考进了南开大学，1963年大姐考进了鞍山钢铁学院。其他哥哥姐姐不走运，"文化大革命"断了他们的求学路。

问题和解决问题的方法同时诞生。人们的许多恐惧，其实都是幻想出来的。对挫折的恐惧，对假想敌的幻觉，使一个人陷入对琐碎事物的纠结中，给挫折盛开的自由，让其充分展现。在挫折开花结果的过程中，一个人的创造力也就迸发了。老娘这份面对挫折和危难的达观，使许多饱学之士汗颜。

富者拥有过多，反而可能碌碌无为。家境的贫寒，使娘身上的潜能得到了最充分的释放。她长年忘我地劳作，从不吐露一个"苦"字，大嗓门说话，爽朗地大笑，以她独特的方式相夫教子。或许由于她心灵的纯净，超强的劳作并没有损害她的健康，晚年她除了腿脚不利索，身体一直很硬朗，面容红润祥和，皮肤白里透亮。看来，磨难和危机，是成就一个人最为重要的东西。

老娘走的那天，村里有500多人来送行。老舍的话特别能表达我的心情："失去了慈母的爱便像花插在花瓶里，虽然还有香有色，却失去了根。"

如今老娘去世已经整5年了，可她仍整天活泼泼地活在我的世界里。"头拱地我也要给你们拱出一片天！"她这种卓绝的精神，让我得以穿越那些生命的堆积物，用地头力视角透视中国企业。

老娘有丰富的口头禅，我最喜那句"哪有那么多顺心的事，你自己把它扒拉过来，头拱地做好就是了！"这句话很有深意——要做自己喜欢的事，要把那些不得不做的事变成自己喜欢做的事！

我们常看到一些人在抱怨环境，可抱怨却构成了更为强势的环境拘押着他！老娘的环境够差的了，可她只关注阳光，因而阳光就在她身边积聚。

老娘说的"头拱地"就是我们讲的专注。别在那里这山看着那山高，每一个地点都可以起步，就看你是否专注了。从老娘的体验看，一旦"头拱地"，一旦处于极大的专注，就没有什么办不成的事。

做好，是一个人全部的自尊。你可以有1000条理由说明你没完成某事的原因，但是只有一个结果能证实你人生的自尊。

老娘的大白话，启迪我形成了"喜爱·专注·做好"的地头力视角，透视中国企业的人和事，引发了无数企业人的共鸣。正是从老娘的地头力视角出发，我概括出两条企业经营管理的真谛："问题一冒头就要把它敲掉！""不能让问题成为信息！"

想想还真是。一个企业能否成为世界一流，就是看这个企业能否建构一个活泼的活力场，让员工一旦进入这个场域，就可以把不得不干的事变成自己非常喜欢的事，能够心无旁骛地以"极大的专注"去把它做好。

一次与《大趋势》的作者约翰·奈斯比特聊天，谈起老娘和她的口头禅，他一下子被感动了："你的母亲将会感动地球人。"他在撰写的《中国大趋势》中，前两章都用了老娘的故事和语录。大作家擅长把宏大的主题用普通人的视角去诠释。母亲的精神，不只是激励着她的儿孙后辈，还有更多奋发创造的人们。

心纯见真，让我找到了智慧之井

有半年多时间，我不敢直面老娘走了这个事实。一直到6个月后，在徒步穿越西藏墨脱的行程中，在那个没有移动信号的生机勃勃的原始森林里，我负责独自在前边开路，事情才有了转机。

在墨脱的原始森林中，有许多几个人都抱不过来的参天大树，树下堆积着厚厚一层脱落的树皮和落叶。它们曾经是新鲜的、嫩绿的，后来黄了，落在了地上，似乎和这棵大树没有关系了。但实际上，它们都依偎在树下，化于泥土中后，还在义无反顾地反哺大树。那些参天大树，正是传承了母体的基因，汲取了天地精华以及落叶和树皮的营养，才生机盎然，身姿挺拔。伟岸与渺小交替，落叶、脱落的树皮与勃勃生长着的大树形成了一个周而复始的轮回。

或许，这就是母亲，这就是我们每一个人的宿命。老娘的那股能量，不是从被文明教化过的心智中产生的，而是发源于她的大爱。爱就是单纯、干净、无我。她的心智从来没有去提醒她，哪里是能量的极限，哪些可以驾驭，哪些会危及健康。一如那些郁郁葱葱以万年计的原始森林，娘没有自己，没有任何心智能够去局限她的能量。一旦专注于当下需要做的事情，她的能量便源源不断地喷涌出来。

在原始森林中，我不可思议地触摸到了稻盛和夫当年发现智慧之井的喜悦。他说："在世界的某个地方，有一个被称为'智慧之井'的地方，无意间，人们将其储存的'智慧'作为自己的新思路、灵感、创造力。"

看到雅鲁藏布江历经种种曲折，义无反顾地奔涌向前，不由得生出许多联想。人生就如一条小溪奔涌入大江大海，保持一颗童真的初心，也就会像小溪那样清新、机警和柔软，没有过去的重负压肩，也没有挑选一处僻静港湾的冲动，显示着无限的能量。我分明听到老娘在说：无我的悲悯心是有无限能量的富矿，而单纯质朴的心灵就是开启这个富矿的金钥匙。

顿悟到这一层，哀痛的心境悄然消失，娘常驻我的心灵。一种爱的力量开始在我身上汇集。一切有形者，经这里塑造；一切无形者，在这里形成。老娘的地头力，是绵延了亿万年的能量的显现，可以传递给我，可以传递给你，也可以传递给中国的企业。

我喜欢纪伯伦。他的诗把母亲这种安心、极致、精进的心态与力量刻画得恰到好处，也是缓解今人焦虑症的良方：

生活的确是黑暗的，除非有了渴望；

所有渴望都是盲目的，除非有了知识；

一切知识都是徒然的，除非有了工作；

所有工作都是空虚的，除非有了爱。

什么是带着爱去工作？

是将你心中的丝线织布缝衣，仿佛你的挚爱将穿上这衣衫；

是带着热情建房筑屋，仿佛你的挚爱将居住其中；

是带着深情播种，带着喜悦收获，仿佛你的挚爱将品尝果实；

是将你灵魂的气息注入你的所有制品。

（摘自《读者》2012年第17期）

阿嬷的手尾钱

秦嗣林

这天一如往常,清晨六点多我便起床到公园去遛狗、运动,回到当铺才七点多。当时天刚微亮,正当我准备开门时,手上的狗链突然一紧,只听到小狗发出阵阵低吠声,我顿时警觉起来。

我紧张地四处张望,发现骑楼下的柱子后面竟有个畏畏缩缩的人影,直觉以为是歹徒要来行抢,便大声喝问:"你要干吗?"没想到对方却怯生生地回我话:"老板,我是来当东西的。"

原来是赶早的客人,看他的样子、听他说话也不像是个恶人。于是我松了口气,边掏钥匙边说:"你不要躲在那边嘛!先生贵姓?请进,请进!"

我把他迎到铺子里,对方自称姓陈。我问他:"陈先生想当什么?"他从怀里掏出一个铁制的饼干盒,打开铁盖,里面放着一个手提包,待拉链拉开,里头竟然满满的都是现钞。

我以为自己刚刚听错了话，误听成陈先生是来典当东西的，没想到他是来赎当的，因此赶紧改口道："陈先生，原来你要赎东西啊！麻烦你把当票一起给我。"但陈先生却摇了摇头，口气肯定地说："不是赎，我是来当东西的。"

我一时没反应过来，因为没看到任何可以当的东西啊！难道要当饼干盒？于是我又问他："那你要当什么？"他指了指饼干盒说："我要当这包钱。"

这可有点意思，我开当铺这么久，客人带着各种宝贝上门，无非是为了换钱，但生平头一次遇到带着"钱"来当"钱"的客人。

我百思不得其解，只好问他："你都有钱了，为什么还要当钱？"他听了一脸尴尬地搓着手说："唉！这个，总之这笔钱不能用啦！"我听了更加一头雾水了："不能用？难道这些钱是假钞吗？如果是假钞，你赶紧拿走，我绝对不能收。"他急忙解释："不是假的啦！我不知道要怎么跟你讲，但是这笔钱我真的不能花掉。"我继续追问："如果是真钞为什么不能用？钱就是钱啊！"没想到我这一说竟逼出了他的眼泪，他万分为难地说："因为这是……这是我阿嬷给我的手尾钱。"

在台湾民间有个风俗习惯：老人家若意识到自己将不久于人世，便会像过年包压岁钱一样，发给每个晚辈一笔数额不大的钱，除了留给子孙当纪念，还有保佑后辈财源滚滚之意，是谓"手尾钱"。这与现在出殡做法事时，师父发给家属的一块两块钱不太一样。

我被这笔钱的来历吓了一跳，示意陈先生继续往下说。只见他眼眶里泛着泪水，幽幽道出了尘封已久的往事。一听之下，才发现原来他与在基隆名号响亮的颜氏有着血亲关系。

台湾北部的雨都基隆有个望族颜氏，在当地赫赫有名。族中有一位颜老太太，年轻时嫁入豪门，生活优渥，子孙瓜瓞绵绵。虽然儿孙众多，但她独独宠爱身为外孙的陈先生。只可惜陈先生从小不学无术，长大后竟沉迷赌海。

为了赌博，陈先生将家里可以变卖的东西全换成了赌本。俗话说"久赌神仙输"，几年赌下来，自然落得个负债累累的下场。一开始亲戚朋友还会苦口婆心地劝他，但他始终执迷不悟，因此众叛亲离也在意料之中，最后只剩下颜老太太始终护着她的宝贝外孙。

不论何时，只要陈先生开口，颜老太太一定会给他钱。即使手头不方便，她也会借口自己需要花费，设法跟其他儿孙要钱。后生晚辈自然知道颜老太太的目的，每次总会劝她别再理会陈先生，只是阿嬷疼爱外孙的感情大过理智，颜老太太还是一次又一次地资助了陈先生。

任何人都敌不过时间的摧残，颜老太太也快走到人生的终点了。临终前，她特地把陈先生叫到病榻前，用布满皱纹的手抚着他的头，苦口婆心地说："乖孙子，别再赌了，阿嬷在世的时候还能照顾你，等我走了，还有谁能护着你？你也不小了，赶紧找一个正经工作，安定下来，好让我放心。"颜老太太将晚辈给的钱省了下来，包了一份二十万的手尾钱给陈先生，也就是现在放在饼干盒里的这笔钱。

可惜的是，陈先生当时并未听从外婆的教诲，加上游手好闲已久，因此在颜老太太过世后，始终没有改过自新。

又过了几年，陈先生才终于戒了赌，并打算在林森北路摆摊卖小吃，重新步入正轨。可是摆摊需要本钱买摊车和基本食材，由于年轻时恶名昭彰，纵使他拍胸脯保证自己已改过自新，亲友们依然认定这只是他再一次骗赌本的表演，最后竟落到连买餐车的基本费用都借不到的窘境。不得已，只能上当铺周转。

他尴尬地告诉我："这笔钱不能存进银行，因为存进去再领出来就不是原来的钞票了！现在我手上没有创业的资金，也没人愿意借钱给我，这笔手尾钱是阿嬷对我的期待，我绝对不能花。想来想去没别的办法，所以想请你帮我保管，借我一笔做生意的本钱。"

事情的前因后果把我听傻了，原来这一笔钱不只是钞票，还包含着阿嬷对孙子最后的嘱咐。听完故事，看着面前的人，再看看眼前的钞票，我深刻体会到陈先生重新做人的决心，于是暗下决心帮他这个忙。他会找上我，或许也是冥冥之中颜老太太的指引吧。

我低头随意检查包里的钞票，发现里头有些已经是现在市面上不再流通的旧钞了，但我还是问陈先生："这里面有多少？"他答："总共二十万。"

一般当铺收取物品一定都是以低于市价好几折的价钱支付，而这个"商品"虽然不同于其他，但也不能以原价计算。我一沉吟，最后算了十九万给他。

一旦决定收下，问题就来了。一般的典当品通常都要收入库房，但是手尾钱毕竟代表了阴阳两隔，意义也不相同，要是入库似乎不太妥当。左思右想后，我决定把"它"放进冰箱，既不会被虫咬，也不容易变质。陈先生直说没关系，只要好好保管就行。

之后，陈先生带着创业资金先是开了间海鲜小炒店，因为用心烹调、认真经营，很快就在地方上打出了名号。只过了一个多月，他就来赎回了手尾钱。据说创业成功之后，他还涉足士林的餐饮业，为自己的人生重新燃起了希望。

俗话说"浪子回头金不换"。当初我看到陈先生将饼干盒自怀中拿出来时的眼神，已非昔日那个"今朝有酒今朝醉"的纨绔子弟了。过去的荒唐让他失去了优越的物质生活与亲友的信任，但是始终没放弃他的阿嬷，借着离开人世前的手尾钱，换回了陈先生的大彻大悟和回头是岸的人生下半场。

每个人一生当中都会受到许多人的照顾，不管是来自亲人还是朋友，但我们却往往不知不觉，甚至习以为常，等到失去时才懂得珍惜。人的一生虽然有许多事情能够有重来的机会，比如金钱、事业等，但只有情感是一旦失去就无法重来的，尤其是那些来不及回报的情感，这也是人生最珍贵的东西。不要让这些来不及变成人生的遗憾。

（摘自《读者》2013年第1期）

妈妈的信

陈 虹

不知为何，妈妈的这封信被我保存了整整八年。是自责吗？妈妈去世前的确如此，我每读一遍都似万箭穿心。是忏悔吗？妈妈去世后无疑为它，每读一遍都泪如泉涌。这封信写于2004年10月25日，这一年妈妈已是86岁高龄。

我能想象妈妈伏案疾书时的情景——她的手在颤抖，她的眼在流泪。为什么同住一个城市却非要写信？难道不能面谈，不能在电话里讲述？她的目的只有一个：道歉！母亲向女儿道歉！

那天的情景我记忆犹新：又是一个周末，到了我例行回家看望妈妈的日子——自从爸爸去世以后，这已雷打不动地坚持了十年。妈妈怕孤单，她希望我寸步不离地陪伴着她，但我还要上课，还要写作，只能答应她每个星期六的上午回去，住一夜，第二天的晚上离开。妈妈同意了，于是我习惯性地接受了每次摁响门铃后那迫不及待的身影，以及每次告别时那依依不舍的目光。保姆告诉我："一到星期五的晚上，好婆就坐不住了，一遍又一遍地叮嘱我，明早记着多买几样好菜，大姨要来了！"她随着妹妹的孩子这样称呼我。我知道，妈妈已经将每周的这两天当成了她的节日。

妈妈的卧室里始终挂着爸爸的照片，那时他俩是多么幸福！天晴时，两人搀扶着在庭院中散步；下雨时，两人手拉手坐在沙发上讲故事。妈妈在回忆文章中写道："你忘了，这些故事早在五十多年前，你就给我讲过了。如今你又一遍遍地重复，我就一遍遍地倾听，以回忆往事为乐趣，度过我们平静而又温馨的晚年。"

十年了，爸爸走了整整十年了，如今我能替代他吗？但妈妈无疑是这么希望的！那是一种什么样的絮叨啊！从吃饭到睡觉，从周一到周五，一五一十，原原本本，甚至不会漏掉每一个细节，尤其是又梦见了爸爸几次，又哭醒了几回……我不敢打断她，只能耐着性子听，但最终是这耳朵进那耳朵出。

我知道妈妈实在是太寂寞了，特别是双眼患了白内障之后，不能看书，不能读报，整天只能生活在思念与等盼之中。

但是，2004年10月24日的那一天，我究竟因为什么而脱口说出了那样一句话呢？那是吃晚饭的时候，我叹了一口气说："出版社天天在催稿，我忙得没日没夜，可每个星期还得浪费两天的时间回来陪你！"我记得很清楚，当时说的就是"浪费"二字。妈妈的笑容突然凝固了，她停下筷子，呆呆地看着我，目光中充满不安，更充满哀戚。那晚她什么话也没说，直到我拎起挎包走出家门。两天之后，我便收到了这封来信。

昨晚失眠，想到许多事情要向你倾诉：

一、你爸有你这个孝女，我可以放心；亲人在天有灵，会感到欣慰的。

二、我得支持你多挤些时间用来写作和做好教学工作。从今以后你每星期六回来看我，晚上回去，星期天你还是抓紧时间做事。在一周内不必为我浪费两天的光阴，这样我可安心。

三、这十年来，我很寂寞孤独，因此我很自私，总希望你们姊妹二人能留在我身边，陪我这个孤寡老人，却不顾你们自己的事业和前途。从现在起，我要检查我的私心杂念，以支持你们的工作为主要，我至少要做一个通情达理的母亲。

四、今年入夏以来，我老是患病，每次病中不仅只是生理上的痛苦，在心理和感情上我更希望得到你们姊妹二人对我的安慰，为此就经常折磨你们，增加你们精神上的负担，很对不起你们。我明白今后应该怎样对待生老病死，过去的事你们就原谅我吧……

我的手不住地簌簌发抖，那一句句"对不起""原谅我"，就像针尖一般刺痛了我的心。耄耋之年的妈妈是真的动了感情了，甚至用上了"私心杂念"这个词！妈妈的这封信写得很潦草——因为眼疾，她已多时不提笔了，但她为了向女儿道歉，竟然写了长长的三页，还时时处处都在小心翼翼。

信写至此我惭愧泪下，我可以告诉你们，我每天早起向亲人敬香祭奠时，从不忘了这一条：祈求亲人在天之灵保佑你们身体健康、工作顺利、心情愉快、全家平安。我写这类伤感之事，是否会影响你写作时的灵感？我现在写这封信出自内心之言，再花八角钱邮寄给你看，我的心情可以得到平静，总比面谈时亲切吧？

世上的母爱有千种万种，而妈妈的这种道歉式的爱却让我无地自容，尤其是那句怕影响我"写作时的灵感"，终于让我号啕大哭起来。的确，妈妈跟其他的母亲不一样，我没有享受过"慈母手中线"，也没有享受过她烹饪的美味佳肴，因为这一类的家务事她一概不精通。但爸爸敬重她，因为她确实做到了"我的最大幸福，就是在你的每篇作品中都浸透着我精神上的无形支持"。我们爱戴她，因为她对我说过这样的话："女孩子一定要有自己的事业！"为此，她支持已而立之年的我去参加1977年的高考，并主动提出帮我照看刚满一周岁的儿子。为此，她支持我写作，就像当年爸爸在世时一样，她同样成了我的第一个读者；就像当年她在《人民文学》当编辑时一样，认认真真地帮我审阅与推敲。

那一天，收到这封信的那一天，我没有回复，也没有打电话，就连周末回家时也远远地逃避着这个话题，躲避着妈妈的眼睛。究竟是谁"自私"？究竟是谁亏欠了谁？我悔啊，悔得无地自容，就为了一部书稿，就为了一点可怜的"灵感"，我竟然深深地刺伤了妈妈的心！

给你写上三张纸，说了心里要说的话，手有点抖，但心情可以平静下来。希望你看完此信，灵感不断而来。祝著安！

这就是妈妈呀！为了我的事业，她默默地忍受着孤独；为了我的写作，她苦苦地吞噬着寂寞。保姆告诉我："好婆真可怜，每天撕掉一张日历，就要念叨一句，大姨还有几天就能回来了……"我的眼泪终于流了下来，我似乎看见了妈妈那引颈而望的身影，看见了妈妈那望眼欲穿的目光。

但是妈妈在我面前从来不提起，她认真地实践着自己的诺言——星期六的晚上刚吃完饭，她便催促我回家。再见面时，她只问我书稿进展得如何，又有什么新作问世。萨家湾的这条小路，我不知走过多少趟，直到此时我才产生无尽的眷恋。我一步一回头地仰望着十二楼的那扇窗户，它的后面是妈妈的身影，是妈妈摇动的手臂。是啊，对于长大了的儿女来说，母亲只是他生活的一部分，但是对于衰老了的母亲来说，子女却是她生活的全部内容。

整整八个春秋过去了,我始终珍藏着妈妈的这封信。尤其是当妈妈离开人世之后,我才突然意识到我失去了一个温暖的家,失去了一个可以无话不谈的亲人。世上的情感千万种,唯有内疚最吞噬人心,更何况面对的是一个已经辞世的老人,留给我的只有永生永世再也无法弥补的悔恨。

妈妈,我想你!

(摘自《读者》2013年第4期)

为了我们共同的未来

杨 照

上学期，自然科考试有一道题目："从烧热的壶嘴里冒出来的白烟，是水蒸气还是小水滴？"你依照课本上说的，判断水蒸气应该是无色的，遇冷成为水滴才会变白色，于是选了"小水滴"作答案。发下考卷，却发现老师的答案是"水蒸气"。几位同学拿着课本去跟老师讨论，老师都坚持就是"水蒸气"。

你回来问我，我觉得这再明白不过，就是"小水滴"，应该是老师想错了。我必须让你了解，就算是一个老师，尤其是一个主管你分数的老师，把"小水滴"弄成"水蒸气"，你都该保持正确的观念，别为了讨好老师而接受你明知道是错误的答案。

想了想，你问我："那如果下次再考这一题，我还是要回答'小水滴'吗？"我说："当然！""可是那样又会被打叉，又会因为这一题而得不到满分。"你说。"可是知道对的答案，坚持对的答案，比分数重要。"我说。

想了想，你又问："既然我已经知道正确答案了，可不可以写'水蒸气'？我不会搞混。如果别人写'水蒸气'，明明他们错却得到满分，我反而得不到，那不公平！"

眼前浮现你假设的状况，想象你心中应该会有的委屈，我差点冲动地说："那也好，只要你知道那不是真正对的答案。"可是在话将出口的瞬间，我犹豫了，脑中闪过好几个其他影像与念头，过了好几秒，才说："我还是觉得这样不好。我不希望你养成习惯，为了分数去选明明知道是错误的答案。"

那几秒中，我仿佛看到你长大了，大到懂得社会上许多复杂的事，也就大到可以跟我讨论我的所行所为，所做的决定。我仿佛看到那么一个场景，长大后的你站在我身边，我们不知在讨论什么样的事情，你严肃坚决地告诉我："爸爸，我觉得不可以这样！"我问："为什么？"你说："因为你以前不是这样教我的！"

那天，我明白了一件事，我今天要教你、告诉你的任何原则，都应该从未来的角度仔细思考。我没有道理讲不想要你相信的原则，而一旦你接受了、相信了我所说的原则，那么未来等你长大了，你自然会用同样的原则来看待我、评断我所做的事。你会是我未来生命中最重要的监督者。

在将来，我希望当我有一丝一毫疑惑，不晓得自己该不该用明知不对的事，去换取或大或小的肯定或利益时，你会明确地告诉我："不可以！"为了这样的未来，现在的我当然不能让步，同意你用明知不对的答案去换取分数。为了一个正直的未来，而且是我们共同的正直的未来，我必须告诉你，就算会因此失去得满分的机会，你还是应该坚持"小水滴"。

（摘自《读者》2013年第5期）

萝卜干的滋味

林海音

林老师：

请您原谅一个终日忙于家事的主妇，她以这封信代替了本应亲往拜访的礼貌。

写信的动机是由于小儿振亚饭盒里的一块萝卜干，我简单地讲给您听。

这件事发生已有多久，我不知道，我发现则才有三天。三天前，我初次发现振亚带回的饭盒中有一块萝卜干时，并未惊奇，我以为那是午饭时同学们互尝菜味所交换来的。但当第二天饭盒的残羹中又是干巴巴的萝卜干时，不免使我生疑，因而仔细看了两眼，这才发现垫在萝卜干底下的，是一小堆粗糙的在来米（籼米——编者注）剩饭，我们家向来是吃经过加工碾拣的蓬莱米（粳米——编者注）的，因此我知道这里面一定有缘故。同时我又发现这个看似相同的铝制饭盒，究竟还有不同之处：我们的饭盒，盒盖边沿曾被我在洗刷时不慎压凹了一小处。这个饭盒连同里面的饭菜，显然不是振亚早晨所带去的。但是我没有对振亚说什么。第三天，就是昨天早上，我装进饭盒里的有一块炸排骨，我有意在等待这事的发展。果然，振亚带回的饭盒中，没有啃剩的骨头，却仍是干瘪的萝卜干。而且奇怪的是，我们自己的饭盒又换回来了。

我相信这不是偶然的错误，而是有计划的策谋，有人在干着偷天换日的勾当。这是出于某一个人的行动，他所作所为，无非是想攫取我儿的营养，怎能不教做母亲的我痛心！

林老师，您或许知道，我们并非富有之家，我的丈夫靠微薄的薪水养活一家，因此在每天给他们父子俩的饭盒里，无论装入的是一块排骨、一个鸡蛋或者一只鸡腿，我都会想到它来之不易。它是为了丈夫的辛勤，儿子的发育，我的节俭，才勉强做到的。所以我不客气地跟您说，我们是禁不起这样被人偷取的。

我也知道，在您的教育之下，是不可能使人相信有这类事发生的，但事实摆在这里，又有什么办法。为了我儿的营养，我只好求您费费心，查明是哪个偷天换日的聪明孩子干的。萝卜干偶尔吃一次是香的，但是天天吃，顿顿吃，您想想是什么滋味。怪不得那个孩子想出这样巧妙的办法，那臭烘烘的萝卜干，他早就吃够了！

为了您调查的方便，我想告诉您，今天早上当着振亚的面，我在饭盒里装进了一个大肉丸，您可以看看，到底是哪个今天要倒霉的孩子在吃这个大肉丸。

  敬祝

教安

朱夏荔媛上

朱太太：

　　工友送进您的来信时，我刚在饭厅里坐定，四十多个孩子正塞塞窣窣地吃着各人的午饭，我却停箸展读来函。我以怀疑的心情打开您的信，却以快乐的心情读完它，现在我以无比轻松的心情写信给您，同时告诉您，我捉到那"贼"了，您所说的，那个"偷天换日"的聪明孩子被我捉到了。我纳闷儿了三天不能猜透的事情，因为您的来信而获解决，这怎能不教我轻松愉快呢！就是在我执笔给您写信的这当儿，激动的情绪仍持续着，因为有一张真挚可爱的小面庞深印于我的心上，为了这些纯真的孩子，我也愿意终生献身于儿童教育！

　　我先告诉您三天来的情形，再讲我是怎样捉到那小贼的。这里吃饭的情形您或许早已知道，孩子们每天早晨到学校后，便先把各人的饭盒送到厨房去，交给大师傅老赵，他便放进大蒸笼里。午间各人到厨房去取蒸热的饭盒，厨房旁边是一间大饭厅，大家都在那里吃午饭。我也不例外，一向是陪着孩子们一同吃的。

　　三天前吃午饭时，当我正举箸，刘毅军站了起来，他说："老师，有人拿错了我的饭盒，这……这不是我的。"我抬头望去，可不是，饭盒打开来，横躺在热腾腾的蓬莱白米饭上的，是一只香喷喷的红烧鸡腿，我知道那确实不会是刘毅军的。我便对同学们说："是谁拿错了饭盒？是谁带了有鸡腿的饭？"

　　等了几分钟，也没有人来认换。也难怪，饭盒的大小样式几乎都是相同的，而且家里给装了什么菜，孩子们也知道的不多。既然没有人来认领，只好叫刘毅军吃了再说。毅军津津有味地吃着鸡腿，十分高兴。不是我看不起刘毅军，无父的孤儿，靠寡母穿针引线替人缝补度日，如果不是有人拿错了,他哪摸着鸡腿吃呀!

可是第二天,同样的情形又发生了,我也不免奇怪,这是怎么一回事?当刘毅军打开饭盒,又惊奇地喊着有人拿错了的时候,同学们都停下筷子围到毅军的面前看。今天换了,是一块炸排骨。我问毅军自己带的是什么菜,他很难为情地说:"只有一些萝卜干,老师!"

我对同学们说:"看看谁拿错了饭盒,炸排骨换萝卜干可不划算!"同学们听了哗然大笑,却仍无人来认领。我虽也觉有趣好笑,却不免纳闷儿起来。刘毅军也以想不通的样子吃下了这顿排骨饭。

今天,当我们正为那个像小皮球一样大的肉丸惊疑时,您的信来了。

说到萝卜干,我实在还应当把一些情形说给您听:刘毅军的母亲,在我去做家庭访问的时候,她并不避穷,很坦白地对我说,一日三餐的筹措,是如何艰难,所以,她要我善为教育她的独子毅军。在这一点,毅军倒从未使人失望。当毅军的母亲和我畅谈家常的时候,她家的院子里,正晾着一篮篮的萝卜干。指着那些被吹满尘土的萝卜片,她对我说:"老师您看,我晾了这许多萝卜,可也不是花钱买来的,附近有一家菜园,种了许多萝卜,当人家收成拔萝卜的时候,我就赶了去,把人家扔掉不要的萝卜头、萝卜根、坏了心的、脱了皮的,统统拾了来。我再挑拣一遍,晒晒腌腌,可以够我们娘儿俩吃些日子的。"

朱太太,您问我萝卜干吃多了是什么滋味,我想毅军的母亲吃着它的时候,当觉其味无限辛酸。就是毅军,在他长大以后,回忆起他嚼萝卜干的童年时代,也该有不少的感触。如果有一天,他能读到明朝三峰主人为他的朋友洪自诚所著《菜根谭》写的序中的"谭以菜根名,固自清苦历练中来,亦自栽培灌溉里得,其颠顿风波,备尝险阻可想矣"这几句话时，他会觉出，当年所嚼的萝卜干，实有一种"真味"。

我跟您扯得太远了，让我们再回到饭厅里去。我读完您的信，停箸良久不能自已。我草草吃完饭，顺着饭厅巡视一番。走到那个圆圆红红小脸蛋儿的孩子面前，我停下了，这孩子抬头看见了我，有点做"贼"心虚，急忙用筷子把饭盒里的萝卜干塞到在来米饭底下。我却在他旁边的空位子上坐下来，侧着头在他耳旁悄声问道："萝卜干的滋味怎么样？"他先是一惊，随后竟装着若无其事地回答我："很甜，老师！"

很甜！我站起身来，回味着他这句话，想着您的来信，不由得抿嘴笑着走出饭厅，可是身后响起了跑步声，有人跟出来了。"林老师！"我回头站定，是小红圆脸，他气喘吁吁地跑到我面前，"老师不要讲出去吧，刘毅军的家里实在很穷，他天天吃白饭配萝卜干，所以……"

我的个子已经很矮，站在我面前的这个小男孩还比我低半头，他的胸襟却是如此辽阔无边！

写到这儿，您已经全部明了了吧。您要我调查的那个"偷天换日"的孩子，我捉到了，正是令郎朱振亚自己！

我当时点头示意答应了振亚的请求，见他结实的小身影走回饭厅，我才无限激动地回到自己的房里来。我一边用毛巾擦脸一边想，这萝卜干到底是什么滋味？它实在是包含着人生的各种滋味，要看什么人在什么境遇下吃它。

我又想，虽在如此纷乱丑恶的人间，善良的本性却并未从我们的第二代身上失去，这是多么令人喜悦的事情。

我不断地用毛巾擦着，想着，擦了这么久才发现，我没有在擦油嘴，却擦的是眼睛。哟，真奇怪！我原是满心的高兴，为何却流泪？

当您看完了这封信，打算怎样处理这件事呢？您会原谅"偷天换日"的孩子吗？我倒要为我的学生向您求情了！

此复并祝

　　快乐

林××上

（摘自《读者》2013年第16期）

在遗忘之前

笛 安

我打电话回家的时候，我的意思是说，有时候她叫不上来我的名字，她知道是我，她记得我的声音，听到我叫她"姥姥"她就会很开心，因为她想念我。可是她就是没有办法在听到我的声音的第一时间想起我的名字。阿尔茨海默病的典型症状就是如此。我总是更愿意使用这个拗口的音译过来的词，因为这种病还有一个更通俗，但充满歧视性的名字——老年痴呆症。你说谁痴呆，你才痴呆。这些患病的老人只不过是丢失了记忆。

是从什么时候开始的，我们谁都说不好。我只记得几年前的某个夏天，有一天，她心血来潮炒了一盘虾仁，非常开心地对我们说："这是我第一次炒虾仁，你们尝尝好不好吃。"那时候，第一个反应过来的是我爸爸。爸爸说："你在说什么呀，我1979年第一次来家里吃饭，你就炒了虾仁。

你已经炒了二十几年了。"她愣了一下,摇晃着白发苍苍的脑袋:"不可能,没这回事儿,我不记得了。"后来我把这件事当成笑话讲给我的朋友们听。那是因为,我始终拒绝承认她患上了这种不可能痊愈只会越来越严重的疾病。直到有一天,她非常着急地指着我问:"你叫什么……你叫什么来着?"——我才不得不承认,她是真的忘了太多的事情。可是我在心里总是跟自己强调着:她并不是忘了我,她只是一时想不起来我的名字。

我只是一直都不愿意接受这个事实。我从小跟着她长大,她曾经那么能干、敏捷,不久以前,她还穿着白大褂偶尔去医院的专家门诊。她一直都是个神采奕奕的老太太,直到今天都是。她穿着一条自己找裁缝做的、墨绿色的旗袍式连衣裙,还有白色的平跟鞋,兴冲冲地出去逛街。她说她想去买新鞋子。出租车司机都会说,老太太精神真好。听见人家夸她,她就会很开心,会很热闹地跟人家司机说,她原先是眼科大夫。可是再过一分钟,这个司机就会发现,她根本没办法准确地说清楚她想去哪里。

"你看,这双鞋好不好?"她问我。"好。"我说。"但是——"她脸上掠过一丝隐约的为难,"你外公一定会说不好。这双鞋上有朵花,他一定会说,老太婆穿那么花干什么。"她的表情简直是羞涩的,她已经快80岁,但是还总是维持着一些少女的表情和说话的方式。"别听他的。"我很认真地说,"只要你自己喜欢,就买下来。""我喜欢。"她微笑着,用力地点头。"那就把票给我,我去付钱,算我送你的。""哎呀不要,"她急了,"你哪有钱,你还这么小。""还小啊,我都已经——"我突然问她,"你说得上来我今年多大吗?""你……"她迷惑不解地陷入了回忆,忘记了追究谁来付钱,"你21,不对,23,你有这么大吗?二十几来着……反正,"她又从这件事情跳到了另外一件事情上,"你该结婚了吧。"

可能在她心里,我一直都是那个每天早晨赖床,要她强行按在早餐桌前梳小辫的小姑娘。我不喜欢喝牛奶的时候,她会像所有老人一样说:"挑拣什么呀,现在的小孩子,要是让你回到1960年,还由得你不喝牛奶,连窝头都没有。"但是紧接着她又会说,"不过呢,都说你们现在的小孩子幸福,其实你哪有我小时候的好日子,那时候我们在天津的英租界的洋房那么大,家里光是厨子就有3个。""那么好……"小时候的我羡慕地说。"当然了,"她得意地扎紧了我的蝴蝶结,"我小的时候梳小辫子,我妈妈都不会动手的,都是奶娘来梳。"然后她突然意识到要给小孩子一些正面的教育,急忙补充说,"可是呀,那些不重要。一个人只要自己劳动,自食其力就是好的。""那后来呢?"我更关心的显然还是不需要自食其力的好日子。"后来……"她的神色暗淡了,"后来日本人打进天津,所有的好日子都完了,我们就开始逃难了。"

小的时候,往往是讲到轰炸的时候,我的牛奶喝完了,于是回忆结束,小朋友上学的时间到了。其实后来的日子,也很简单,几句话就可以说完了。

她离开天津,在乡下度过了充满战乱记忆的青春期,然后去解放区,念了医学院,在那里她遇到了我的外公——一个像孩子一样天真热情,又像孩子一样固执冲动的男人。他们一起扎根在一个陌生的工业城市,她陪着她的男人忍受了所有的困窘、动荡和磨难。她像那个年代的很多女人一样,允许自己的男人在家里什么都不做,允许他像个孩子那样任性下去,直到耄耋之年。外公永远不记得自己的衬衫放在什么地方,不记得自己到底该穿哪件外套。突然有一天,他一直依赖的那个人渐渐丧失了记忆,渐渐地连十分钟前发生的事情都不再记得,他也安之若素,像往常那样依赖她,从依赖她的体贴,变成了依赖她的遗忘。有一次,外公跟我说:"去问你姥姥,我的身份证到哪里去了。"我说:"她现在不可能记得了。"

外公突然倔强地一挥手："算了，丢了就丢了，大不了重新办。"好像如果是因为她的遗忘而丢失的东西都是不要紧的，他宁愿过丢三落四、乱七八糟的生活，也不愿意承认那个女人已经失去了照顾他的能力。

我写的书，姥姥都会看。看得很慢，也永远看不完。因为她看到第30页的时候就想不起来前面20页究竟发生了什么。然后再转回头去看前面，到了第30页，遗忘又一次发生。因此我的书一直堆在她的床头，可惜永远只看了那么一点点。但是她总是认真地说："我觉得你写得挺好，真的挺好。"一次她对我说："我有个故事给你，是我自己十几岁时候的，你将来把它写到你的小说里面去，一定要写。""你的意思是说……"我看着她因为兴奋而染上红晕的脸庞，"你认识我外公以前，认识的……别的男孩子吗？""说是男孩子，若是活着也得80多岁了。我不告诉你。"她笑，"等我想说的时候我再说。"我说过的，在她的脸上和眼神里，总是会呈现出一种属于非常年轻的女孩子的表情。我不明白她是怎么做到的，让那个少女时代的自己穿越了大半生的坎坷和风尘，依然存在于自己的灵魂中。我不知道这种东西能不能遗传，如果能那就太好了，我也希望我可以像她一样，直至暮年依然恪守少女的自尊、矜持和娇嫩。

我出国那年，我跟她说："什么时候，你和外公来欧洲玩，你们来看我。"她很庄严地说："我一定去。"但是现在，她不记得她自己说过这句话，外公衰弱的身体也让这个遥远的旅行变得不可能。她一直盼着我回家去，盼着我回去住那个童年时代的房间。当她心满意足地站在这个承载着很多岁月的房间里，看着我打开箱子挂衣服时，她拿起我的面膜看了一眼，嘟哝了一句："其实这些一点儿用都没有，你们年轻人就是喜欢乱花钱。"然后她又羞涩地一笑，"我也不好意思说你，我像你这么大的时候也喜欢乱花钱。那时候每个人的工资都差不多，别人每个月都能攒下一点钱来，我就不行。"然后她叹了口气，"你回来了，真好。你还是赶紧结婚吧，人总是得结婚的。只要那个人品质好，懂得心疼人就行。千万别太在乎有钱没钱。有钱和没钱的日子我都活过了，人家对你好其实比什么都重要。"

　　我会尽力的。我之所以说尽力，是因为这件事情真的不能全依赖我一个人。但是我会尽力，让她参加我的婚礼，让她看着我穿上嫁衣，在她彻底遗忘我之前。

（摘自《读者》2013年第20期）

母爱的重量

凸 凹

周末早起,总有愁绪萦怀,隐约感到应该干点什么才是。对,去看望母亲。

母亲患高血脂、高血压、冠心病,又有腿疾,却一直坚强地独立而居。几种药物都是我买的,而社保卡有限制,"贪"一下也没几粒药丸,就索性自费。其实是我舍不得时间,索性一次备下一两个月的用量,我便可以安心于创作。如果像那些无所用心者,每周都出现在办理社保的窗口,也自然可以省去过多的花费。但钱与时间相比,我自然选择后者。

到了母亲的住处,居室的门竟锁着。

想到母亲灶间的煤气可能快用完了,就径直到了配房里的灶间。

虽然从入冬到现在已过数月,但煤气罐的重量还是很沉,母亲真是用得节俭。我所居的小区通了天然气之后,我就把煤气本给了母亲。指标内的煤气一罐才43元，她居然也这么节省，让我心酸。

不久母亲回来了。我大叫一声"妈"，她答应得脆亮，同时亮的还有她的目光。50岁的儿子还像小时候那样叫她，她心中受用。

她说，我去村西头的小店，吃了两根油条、一碗老豆腐。

我说，您血脂高，少吃油腻的为好。

她说，你妈就好这口，谁管它好不好。

她突然想起了什么，戳着手中的木杖，急迫地朝灶间拽去。她的腿疾在膝盖，关节劳损，不能直行，"拽"是快速的动作。

她掀开锅盖，说了一声"完了"，就朝我傻笑。

母亲每当做错了什么事情，就是这个表情。

原来，她知道我爱吃田间的苦苣，就拖着病腿剜了一些回来。她也推断我今天会来，就上火焯它一下，好让我省去此环节，带回去直接凉拌。但她忘了马上捞出来，菜就一直浸在热水里，软了。

我打趣道，软就软了，省得费牙。

她说，吃野菜就得用牙，有咬劲才有味道，看来，你妈真是老得没用了。

我说，没用也是妈，您站在那儿就有用，让我感到，自己虽然足够老，但依旧年少，因为父母是儿女的尺子。

她说，我儿子就是会说话，总是哄妈高兴。

我一直以为，孝顺的前提是"顺"，不仅要供奉钱物，更要供奉好心情。

进了她的房间，我扶她坐下，问她腿上的浮肿消了没有。她毫不犹豫地回答，消了。

她长期服用降压药，有药物反应，中医叮嘱，要时常服一点五苓胶囊，祛湿化瘀。服用之后，果然见效，浮肿渐渐地消了。

由于她回答得果断，我便心中生疑，蹲下身去，挽起她的裤腿——脚腕亮而腴，一摁一陷，实实在在地肿着。

我说，您是不是停药了？

她答非所问，说，只是腿肿，既不碍吃喝，又死不了人。

我说，您老真不听话，几粒药也花不了几个钱。

她马上接上话茬儿说，还没几个钱呢，小小的一盒药就好几十块，腿不肿，我心肿。

我说，怎么就心肿？你儿子堂堂的一个处级干部，国家公务员，每月工资好几千块，能把药店里的药柜子整个给您搬过来。

你就吹吧，她说，人就怕算细账——我孙子到了娶媳妇的年纪，你要给他买房子、车子，还不都得要票子？你是属兔的，即便是肥兔子，也拔不下几把毛来，除非你去吃夜草、取身外之财。这种事你甭说是去干，就是想一想，我也都整宿整宿地睡不着觉。

我说，您老放心，我是个文化人，明白事理，不会发生您所担心的事。

这可不见得，她说，有的时候，越是明白人，越会做糊涂事，比如你二舅。他那时当着村里的支书，一直大公无私，但那年水灾之后，上边送来成车成车的救济物资，堆在场院，像座小山。以为毛多不显秃、不易被察觉，你舅顺手就往家里多拿了几捆布匹——他家里孩子多，都露着腚呢。不期就被人发现了，举报到上边，被铐走了。大家都知道他不是贪心的人，是一时糊涂，就为他求情——批评教育一下就成了，切莫铐人。上边说，盗窃救济物资不同平常，要严办。你看，"好处"这种东西身上就有"邪劲儿"，会让人身不由己。

我说，虽说常在河边走，哪有不湿鞋，可我待的单位，是清水衙门，没多少油水，即便是想"湿"，也湿不了。

她说，你这又错了，为什么？你看，咱们村前这条马路，常有拉煤的车经过。车稍一咯噔，就会掉下来一些煤渣，虽然不起眼儿，但只要你长年地捡，也能捡出成吨的煤。你再看，东头占地拆迁，拆剩下一些碎砖烂瓦，大家都以为是弃物，可我一点一点地捡回来，也堆成了一大垛，也盖起了一间厨房，这你是知道的。我的意思是说，再零碎的东西，也怕捡，捡多了也成气候；再寡淡的油水，也怕刮，刮多了，也肥。妈知道你是个本性清正的人，但就怕你身后有用度，一有用度，本钱不够，就会自生邪心，所以，咱们必须算计着花钱。

母亲的一番话，让我看到了母爱的模样——母爱，总是垂下身来的姿态，是忘我的呵护。那么儿女呢？要想无愧地承受这大爱，就要站稳脚跟、挺直腰杆——因为爱是有重量的！

看一眼母亲，由于齿稀而唇瘪，由于衰老而发白，让人感到岁月的无情。我情不自禁地把她抱进怀里，眼泪也止不住地滚落下来。母亲眼里也有了泪光。她毕竟多病，无奈于生活，承受不起这过于温柔的情感了。面对这样的母亲，我暗暗对自己说：对她最大的孝顺，便是更加清正地做人。

（摘自《读者》2014年第6期）

18岁的沉重

七堇年

  18岁,在千辛万苦熬过了高三之后,我没有考上清华。原因竟然不在数学,而在文科综合。揭晓分数的那天,我听完电话里的报数,在草稿纸上加了3遍,得到的仍然是那个我不想面对的数字。我倒在床上蒙头痛哭了整整一天。母亲坐在客厅,也是默不作声地落泪。过了很久很久,她悄悄来到我的床边,抚摸着我的头,那么无奈而痛心地安慰我:"不要哭了,乖,不要哭了。"

  烈日不怜悯我的悲伤,耀我致盲。彼时过于年轻脆弱,我只知道蒙头痛哭,在盛夏7月,眼泪与汗水一样丰沛而无耻。我仿佛听见命运的大门缓缓关上的吱嘎声……我一度以为,我一度那样真真切切地以为,这是我人生中最无可挽回的失败。在后来高中好友们一一被名牌大学录取的报喜声中,在后来一次次首都顶尖高校的昔日好友满面春风的精英型同学聚会中，在后来的后来，我愚蠢而耐心地反复咀嚼着这一次失败的味道，几近一蹶不振，为这一个理想的幻灭赔上了此后将近3年的无所事事的荒凉青春。在20岁出头的关口，我才明白过来，不懂得从一次失败中站起来，永远跪在地上等待怜悯并且期待永不可能的时间倒流，才是人生中最无可挽回的失败。

母亲想要安慰我，像《我与地坛》中那个欲言又止的可怜的母亲那样，对我说："带你出去走走吧，老这么在家里不成样子。"

是带着这样一种失魂落魄，真的是失魂落魄的心绪，去往稻城的。自驾车2000多公里，从川西南，北上到甘肃南部的花湖，再南下，去往藏东的稻城亚丁，途经红原、八美、丹巴等与世隔绝的绮丽仙境。巍巍青山上，神秘古老的碉楼隐匿于云端，触目惊心的山壁断层上苍石青峻。月色辉映的夜里，沿着狭窄的公路在峡谷深处与奔腾澎湃的大河蜿蜒并驰，黑暗中只听见咆哮的水声。翻滚的洪流在月色之下闪着寒光，仿佛一个急转弯稍不注意，便会翻入江谷，尸骨无存。

头顶着寂静的星辰，我在诗一般险峻的黑暗中，在行进着的未知的深深危险中，渐渐找到一丝不畏死的平静。

我曾经说过，其实人应当活得更麻木一点，如此方能多感知到一些的生之欢愉。明白归明白，但我或许还将终我一生，因着性情深处与生俱来的暗调色彩，常不经意间就沉浸在如此的底色中。希望、坚持等富有支撑力的东西总是处在临界流产的艰难孕育中，好像稍不注意，一切引诱我继续活下去的幻觉就将消失殆尽。

7月，在行驶了2000多公里之后，在接近稻城的那个黄昏，潮湿的荒原上开满了紫色花朵，落雨如尘，阴寒如秋。孤独的鹰在苍穹之上久久盘旋。我眺望窗外的原野，身边坐着母亲。

高三时，我在外读书，母亲常常专程来看我，一早赶30多公里路，给我带来我喜欢吃的东西，热乎乎地焐在包里，外加很多她精挑细选的水果、营养品。我由此越发懂得什么叫作可怜天下父母心。

有次她借着出差的机会，又带上很多东西来看我。白天忙完工作，傍晚时才来到学校。母亲就这么静静地坐在我的宿舍里干等我一个晚上。那天晚自习照例是考试，我急不可待地交了卷，匆匆赶回宿舍和母亲相见。没说上两句话，很快就有生活老师催促熄灯，母亲说："那我走了，你好好的，要乖，妈妈相信你会努力的。"我送母亲到校门口，那时下着雨，母亲想让我早点回去，就说司机已经来了，宿舍关门了就不好了。我想也是，生活老师不太好说话，我就先回去了。

而后来的事情是，那个下雨的凄凉夜晚，为母亲开车的司机在市中心吃完饭已经醉得不省人事，睡得连电话响都听不到。母亲瞒着我，要我赶紧回宿舍睡觉，她自己一人站在学校外面空旷的公路边等着打车回去。可是因为过于偏僻，她打不到车。她一个孤身女子在那黑暗冷漠的马路边，从10点30分一直站到深夜12点，手机也没了电，无法求助。偶尔飞驰而过的车，像划不燃的火柴一样，擦着她一闪而过，没有一辆停下。她冷得发抖。最终她拦到一辆好心人的私家车，狼狈落魄地赶了回去，因为受寒，病了一个星期。

高三结束了很久后，有次母亲轻描淡写地对我说起这件事情。我们正吃着午饭，我强忍着眼泪，放下碗筷，走进厕所咬着自己的嘴唇，痛彻心扉地哭了，眼泪喷涌，却没有发出一丝声音，然后迅速地洗脸，按下抽水马桶的按钮，佯装才上完厕所，然后平静地回到饭桌上。

我在心里想着，如果那个夜晚母亲发生什么不测，那我余生如何能够原谅自己？幸而她平安无事。因此我不知道除了考上一所体体面面的名牌大学，还有什么能够报答母亲的一片苦心。

　　这也是为何我高考失败后，这么久以来无法摆脱内疚感和挫败感的原因，我觉得我对不起她。她寄予我的，不过是这样一个简简单单的期望，期望我考上一个好大学，希望我争气。为着这样一个简单的期望，她18年如一日地付出无微不至的关爱。在后来，经历几番追逐恋慕，浅尝过人与人之间的感情维系何等脆弱，我才惊觉母亲给予自己的那种爱意，深情至不可说，无怨无悔地，默默伴我多年。我不得不承认，唯有出自母爱的天性，才可以解释这样一种无私。

　　稻城的夜，雨声如泣。在黑灰色的天地间，7月似深秋，因为极度寒冷，我们遍街寻找羽绒大衣。海拔升高，加上寒冷，母亲的身体严重不适。我们只好放弃了翌日骑马去草甸再辗转亚丁的计划，原路返回，旅程在此结束。带着《游褒禅山记》中记叙的那般遗憾，带着上路时的失魂落魄，离开了寒冷的稻城。

　　那是18岁时的事情。几年过去，因着对人世的猎奇，探知内心明暗，许诺自己此生要如此如此，将诸多虚幻而痛苦的读本奉作命运的旨意——书里说，"生命中许多事情，沉重婉转至不可说"，我曾为这句话彻头彻尾地动容，拍案而起，惊怵至无路可退，相信在以自我凌虐的姿势挣扎的人之中，我并不孤单。我时常面对照片上4岁时天真至脆弱不堪的笑容，不肯相信生命这般酷烈的锻造。但事实上，它又的确是如此。我从对现实感受的再造与逃避中体验到的，不过是一次又一次对苦痛的幻想。

　　在我所有的旅行当中，18岁的稻城是最荒凉的一个站点。可悲的是，它最贴近人生。

　　人生如路，须在荒凉中走出繁华的风景来。

（摘自《读者》2014年第15期）

一支烟的故事

毕飞宇

亲爱的孩子：

你一直讨厌我抽烟，我也十分渴望戒烟，可是，我一直都没有做到，很惭愧。今天就给你讲讲我抽烟的事，或许对你有所帮助。

1983年，我19岁的那一年，开始了我的大学生涯。我们宿舍里有8个同班同学，其中有两个是瘾君子。他们有一个习惯，掏出香烟的时候总喜欢"打一圈"，也就是给每个人都送一支。这是中国人在交际上的一个坏习惯，吸烟的人不"打一圈"就不足以证明他们的慷慨。我呢，那时候刚刚开始我的集体生活，其实还很脆弱。我完全可以勇敢地谢绝，但是，考虑到日后的人际关系，我犯了错，我接受了。这是一个糟糕的开始，许多糟糕的开始都是由不敢坚持做自己开始的。

但人也是需要妥协的，在许多并不涉及原则的问题上，不坚持做自己其实也不是很严重的事情。我的问题在于，我在不敢坚持做自己的同时又犯了一个小小的错——虚荣。其实，所谓的"打一圈"是一种十分虚假的慷慨，如果当事人得不到回报，他也就不会再"打"了。我的虚荣就在这里，人家都"请"了我好几回了，我怎么可以不"回请"呢？我开始买香烟就是我的小虚荣心闹的，是虚荣心逼着我在还没有烟瘾的时候就去买烟了。

不要怕犯错，孩子，犯错永远都不是一件大事情。可有一件事情你要记住，学会用正确的方法面对自己的错，尤其不能用错上加错的方式去纠正自己的错。实在不知道如何应对时，你宁可选择不应对。

我抽烟怎么就上瘾了呢？这是我下面要对你说的。因为校内禁烟，白天不能抽，我便不能随身携带香烟。把烟放在哪里呢？放在枕头边上。终于有那么一天，你爷爷，也就是我的爸爸，来扬州开会。在会议的间隙，他来看望我。当你的爷爷坐在我的床沿和我聊天的时候，我突然发现了我枕边的香烟，要藏起来已经来不及了。以我对你爷爷的了解，他一定是看见了，但是，他什么都没有说。你知道的，你爷爷也吸烟，但这并不意味着他会赞成他的儿子吸烟。他会如何处理我吸烟这件事呢？我如坐针毡，很怕，其实也是在等。

时间过得很慢，我很焦躁。十几分钟之后，你爷爷掏出了香烟，抽出来一根后，在犹豫。最终，他并没有把香烟送到嘴边去，而是放在了桌面上，就在我的面前，一半在桌子上，一半是悬空的。孩子，我特别希望你注意这个细节：你爷爷并没有把香烟送到你爸爸的手上，而是放在了桌子上。后来你爸爸就把香烟拿起来了，是你爷爷亲手帮你爸爸点上的。

现在，我想把我当时的心理感受尽可能准确地告诉你。在你爷爷帮你爸爸点烟的时候，你爸爸差点就哭了，他费了好大的劲才忍住了他的眼泪。你爸爸认定了这个场景是一个感人的仪式——他是一个真正的男人了，他男人的身份彻底被确认了。

事实上，这是一个误判。我们先说别的，你也知道的，作为你的爸爸，我批评过你，但是，不知道你注意过没有，爸爸几乎没有在外人的面前批评过你。你有你的尊严，爸爸没有权利在你的伙伴面前剥夺它。同样，即便你爷爷再不赞成我抽烟，考虑到当时的特殊环境，他也不可能当着那么多同学的面儿呵斥他的儿子。我希望你能懂得这一点，做了父亲的男人就是这样。在公共环境里，如何和自己的儿子相处，他的举动和他真实的想法其实有出入，甚至很矛盾。这里头有一个公开的秘密，做父亲的总是维护自己的儿子，但这并不意味着儿子的举动就一定恰当。

我想清清楚楚地告诉你，父爱就是父爱，母爱就是母爱，无论它们多么宝贵，都不足以构成人生的逻辑依据。

我最想和你交流的部分其实就在这里，是我真实的心情。我说过，在你爷爷帮你爸爸点烟的时候，你爸爸差一点儿就哭了。那个瞬间的确是动人的，我终生难忘。就一般的情形而言，人们时常会有误判，认定了感人的场景里就一定存在着价值观上的正当性。生活不是这样的，孩子，不是。人都有情感，尤其在亲人之间，有时候，最动人的温情往往会带来一种错觉：我们一起做了最正确的事情。你爸爸把你爷爷点烟的举动当作了他的成人礼，这其实是你爸爸的一厢情愿。如果你爷爷知道你爸爸当时的内心活动，他不会那么做的，绝对不会。一个男孩到底有没有长成一个男人，一支香烟无论怎样也承载不起这个评判标准。是你爸爸夸张了，夸张所造成的后果是这样的：你爸爸到现在也没能戒掉香烟。

孩子，爸爸最享受的事情就是和你交流。囿于当年的特殊环境，你爷爷和你爸爸交流得不算很好。你和你爸爸现在所处的环境比当年好太多了，我们可以交流得更加充分，不是吗？

附带告诉你，爸爸一定会给你一个具备清晰表达能力的成人礼。

祝你快乐！

（摘自《读者》2014年第18期）

三个真相

古 典

弯弯：

在你出生的第68天，我亲爱的外婆、你的太姥姥去世。我取消回北京的机票，飞到深圳送你的奶奶离开。看到在外婆身边哭得那么伤心的妈妈，我一次次地告诉她，外婆并没有真的离开：她的样貌留在了你我身上，她给长工送糖的故事让我们学会善良，她的辛劳让家里兴旺，她的生命变成了我们的，我们的也会变成你的，而她用完了自己的生命，就离开了。

这其实才是生命的真相。生命是一场破坏性的创造。

我在产房看着你出生，你的出生给你妈妈带来巨大的痛苦。你每天吃的奶水，来自她身体的消耗。当你慢慢长大，你妈妈的身材样貌也都逐渐改变，活力从她的身上走到你的身上。你6个月以后开始吃米汤，广义地说，需要毁掉一些植物的生命。你日后喜欢吃牛肉、香肠，需要毁掉一些动物的生命。为了延续你的生命，你必须结束它们的生命，它们的生命变成了你的。虽然听起来残酷，但这是常识。这常识在你进入社会之后会被很多东西掩盖，青菜、肉类都会被小心翼翼地包装在超市的食品袋里面，胜者和负者的故事被分开来讲，以至于你永远看不到——当你在创造的时候，你也一定在破坏。

所以，弯弯，重要的不是小心翼翼地活着，谁也不伤害，谁也不得罪，让谁都喜欢你，这不可能。关键是创造你自己的生命——让自己活出意义来，活出特色来，活得让自己对得起因为你而失去生命的牛牛羊羊猪猪们，对得起人们为你注入的生命力。好的生命不是完美，也不是安全，而是值得。

我要讲的第二件事是关于世界的。弯弯，这个世界并不公平。不知道你长大以后，幼儿园的阿姨会怎么教你。在你刚出生的时候，有个月嫂阿姨在我们家工作，她每天只睡几个小时，每天30多次被你的哭闹唤过去，却充满爱意地呼应你，拍着你。她真心喜欢你，绝不是为了钱。相比她的辛苦，她的收入并不高，她做着一份爸爸妈妈不羡慕的工作，但是有很多人羡慕她。

你的阿姨并不比我们笨，也和你的爸爸妈妈一样努力，但是她的生活并没有我们好，这并不公平。在你出生的头一个月，她陪在你身边的时间比我和妈妈还要多。但是等你长大了，你会忘记她，而记得爸爸妈妈。这也不算公平。即使这样，还有很多其他的阿姨羡慕你的月嫂阿姨，因为她们也许更加累，却没有得到同样的收获，这更不公平。

亲爱的弯弯，这个世界并不公平。努力能在一定程度上改变命运，但是不一定能完完全全地改变。

所以你要记住，与别人相比是没有意义的。那虽然是所有人的第一反应，但那是一种永无宁日、绝无胜算的自我折磨。如果你有能力，记得要和自己比，让自己过得好一些。理解自己的心有多大。给人生做加法带来快乐，做减法带来安心，加加减减到让自己舒服。世界虽然没有给每个人提供完美的生活，却给每个人足够的资源拿到他们应得的东西。

如果你能活得更好一些，那么去帮帮那些过得比你差的人——尤其是那些活得不够好还很努力的人，你和他们最有能力改变这个世界。要对世界有信心，它正在变好。怎么找到这个机会？好好观察你身边的人，包括你自己。你的麻烦背后就是你的天命。

我要讲的第三件事是关于你与世界的关系。你要过得认真一些。从你出生到离开的这段时间，只有3万多天，而等到你能读这封信时，你已经花掉2000多天了。还有最后那么4000多天，你会老得精力无几。所以，记得要认真生活。

那么，认真和努力之后一定能成功吗？我要给你讲一个努力银行的童话：

有一家努力银行。

每个人都有一个冠以自己名字的努力账户。每个人每天都在往里面存入自己的努力。有的人存得多，有的人存得少。有的人第二天就取，有的人则很多年以后一次性取出来。

那些存努力存得最多的金卡客户，会分配到更多的回报。

每隔10年，努力银行还会调出所有的金卡客户，抽一次奖，然后随机把一个巨大的成功分给中奖的那个幸运的家伙。

所以，弯弯，只要努力，就会有合理的回报。而那些巨大的成功，往往来自于幸运——但是请先确定，你努力拿到了金卡。

亲爱的弯弯，欢迎来到这个世界。

记得要活得精彩，活得认真，跟自己比。

愿你过上我从未看见与理解的生活。

（摘自《读者》2014年第19期）

父亲给三毛的信

陈嗣庆

平儿：

今天早晨我起得略早，在阳台上做完体操之后，轻轻打开房门，正想一如往常，踮着脚尖经过你的房门走向餐厅，却发现你并未在家。你的房间门敞开，被褥不似有人睡过的样子，桌上放着三张纸的长信，是写给你母亲的。

我与你母亲结婚数十年，自恃两人之间并无秘密可持，在这种认定下，恕我看了你留下的心声。看完之后，我了然你的决定和出走。只因不忍给你母亲再加刺激，我自作主张，把你的信放入公事包中，未给你母亲过目。

其实，我与你母亲在养育你们四个孩子的前半生里，从来没有心存任何一个子女对我们的反哺之盼，也认为儿女成家立业之后，当有自己的生活方式。父母从不给你们此等压力，无论在物质上精神上，父母是不求于任何人的，因为我们也有尊严和能力。

这三年来，你主动回家与父母同住（1986—1989年），放弃了在附近购置的小公寓，让它空着，与我们同在一个屋顶下定居，这是你的孝心，我们十分明白，也要谢谢你。可是你在过去长达二十二年的时光中，并没有与我们在一起度过，你的归来，虽然使我们欢欣，却也给了我们一个考验——是否我、你的母亲跟你，能按生活秩序同步同行地和睦相处？原先，这个家中只有我与你母亲生活，你的加入，其实对我们来说，也产生了巨大的波澜，并不只是你单独一方面在适应，我们也在适应你的出现。

一起生活的三年时间里，我渐渐地发现你往日的脾气和性格，都随着岁月的磨炼而淡化。除了你永不愿放弃的夜读之外。

我一直认为，女婿有一句对你的评价是很正确的。他曾告诉我："你的女儿是最优秀的家庭主妇。"我也在海外你的家中亲眼看见你持家的专注和热情，可当你回到父母家中来住之后却是个凡事绝对不管的人，你不扫地、不煮饭、不熨衣服，更不过问家中的柴米油盐。我并无任何对你的责怪，只是不解其中的改变所为何来。

你曾经也有过煮菜的兴趣，却因你坚持一个原则："谁掌锅铲，谁当家。"于是你在家务上十分留心，不去碰触母亲的权力。你也懂得守礼，绝对不进我的书房。你甚至在开箱拿一个水果时，都会先问一声才吃，三年如一日。你不看电视的原因是，你认为选节目的主权在父母。你到我们的卧室中来阅报，夜间我常常发现你私底下去街上另买报纸——与我那份同样的，以便你深夜独享。偶尔，你打越洋电话，但从不直拨，你请长途台代拨，然后问明通话费将款项留在饭桌上。

你回家，一定将自己的鞋子立即放入鞋柜，衣物放进你的房间。白天，你很少坐在客厅，等我们睡下，你却独自一人长久地静坐在全然黑暗的客厅中。

平淡的家庭生活中，你没有对母亲的饭菜、父亲的言行、手足的来去，有过任何意见。二十二年的分离，使得现今的你，如此自重自爱自持自守。为父的我，看了也曾有过一丝惊讶。你也很少有什么情绪化的反应。你在丈夫忌日的那一天，照常吃喝，并不提醒家人一句。现今的你，看上去能够理智地控制感情，却也不失亲切、愉快、温暖。我以为，这以后总是风平浪静了。

偶尔，你会回自己的公寓去住，不过一天，就会自动回来，回来后神色赧然，也不说要搬回去独自生活的话。我——你的父亲，是一个简单的人，你来住，我接受；你要走，其实我也不黯然。只不知，原来你的心里担负着如此沉重的对父母痴爱的压力——直到你今晨留书出走，信中才写出了过去三年来，你住在家中的感受。以前，你曾与我数次提到《红楼梦》中的"好了歌"，你说只差一点就可以做神仙了，只恨忘不了父母。那时我曾对你说，请你去做神仙，把父母也给忘了，我们绝对不会责怪你。你笑笑，走开了。我欣见这两年来你又开始了你的旅行，又十分惋惜而今的你，只是游必有方。我一点一点看你把自己变成孤岛，却也为你的勇气和真诚而震动。我眼看你一点一点地超脱出来，反而产生了对你的空虚感，因为你的现在，是一个什么也不要了的人。但是应当拿的，你又绝对不让步。

你只身一人去了大陆一个多月，回来后的第一件事情，就是交给我两件礼物。你将我父亲坟头的一把土，还有我们陈家在舟山群岛老宅井中打出来的一小瓶水，慎重地在深夜里双手捧给我。也许，你期待的是，为父的我当场号啕痛哭，可是我没有。我没有的原因是，我就是没有。你等了数秒钟后，突然带着哭腔说："这可是我今生唯一可以对你陈家的报答了，别的都谈不上。"说毕你掉头而去，轻轻关上了浴室的门。

也许为父我是糊涂了，你从大陆回来之后洗出来的照片，尤其有关故乡部分的，你一次一次在我看报时来打断我，向我解释：这是在祠堂祭祖，这是在阿爷坟头痛哭，这是定海城里，这又是什么人，跟我三代之内是什么关系？你或许想与我更多地谈谈故乡、亲人，而我并没有提出太多的问题，可是我毕竟也在应着你的话。

你在家中苦等手足来一同看照片，他们没有来。你想倾诉的经历一定有很多，而我们也尽可能撑起精神来听你说话，只因为父母老了，实在无力夜谈。你突然寂静了，将你那数百张照片拿去自己的公寓不够，你又偷走了我那把故乡土和那瓶水。

不过七八天以前吧，你给我看《皇冠》杂志，上面有一些你的照片，你指着最后一张照片说："爸，看我在大陆留的毛笔字——有此为证。"我看了，对你说，你写字好像在画画。你还笑着说："书画本来不分家，首在精神次在功。"你又指着那笔字说："看，这女字边的好字，唰一挥手，走了。"

那时的你，并不直爽，你三度给我暗示，指着那张照片讲东讲西，字里两个斗大的"好了"已然破空而出。

这两个字，是你一生的追求，却没有时空给你胆子写出来，大概你心中已经"好"，已经"了"，不然不会这么下笔。而我和你母亲尚在不知不觉中。

只有你的小弟，前一日说："小姐姐其实最爱祖国。"你听了又是笑一笑，那种微笑使我感到你很陌生，这种陌生的感觉，是你自大陆回来之后明显的转变,你的三魂七魄,好似都没有带回来。你变了。

　　三天之后的今日,你留下了一封信,离开了父母,你什么都没有拿走,包括你走路用的平底鞋。我看完你的信,伸头看看那人去楼空的房间——里面堆满了你心爱的东西,你一样都没有动,包括你放在床头的那张丈夫的放大照片。

　　我知道,你这一次的境界,是没有回头路可言了。

　　也许,你的母亲以为你的出走又是一场演习,过数日你会再回家来。可我推测你已经开始品尝初次做神仙时那孤凉的滋味,或者说,你已一步一步走上这条无情之路,而我们没能与你同步。你人未老,却比我们在境界上快跑了一步。山到绝顶雪成峰,平儿、平儿,你何苦要那白茫茫大地真干净。

　　平儿,你的决定里有你的主张,为父的我,不会用一切伦理道德亲情来束缚你。在你与我们同住三年之后,突然离去,其间,其实没有矛盾,有的只是你个人的渐悟以及悟道之后行为的实践。让我恭喜你,你终于又是另一个人了。至于你母亲这边,我自会安慰她。这一步,是你生命中又一次大改变,并非环境逼迫,也非你无情,而是你再度蜕变,却影响到了一些家人。我猜测,这些事,你都曾三思——用了三年的时间去思考,才做出来的。那么,我们也只有尊重你。

　　你本身是念哲学的,却又掺杂了对文学的痴迷,这两者之间的情怀往往不同,但你又看了一生的《红楼梦》,《红楼梦》之所以讨你喜欢,也许因为它是一种人生哲理和文学的混合体。平儿,我看你目前已有所参破,但尚未"了",还记得你对我说过的话吗?你说:"好就是了,了就是好。若不了便不好,若要好必须了。"你答应过你母亲不伤害生命,所以肉体就不能"了",肉体不"了",精神不可单独了断。

再谈谈对生死的看法。世上一切，有生就有死，任何东西一产生就走向灭亡。世上的东西都在不断地消亡，天下没有不散的筵席。这并不是坏事，这是一个过程。人生一世最后撒手而去只表示使命的完成，所以佛家把它叫作圆寂。只是世俗的感情把事情弄得复杂了。平儿，你最是有血有肉之人，你自绝于家庭，又不肯上班，也不想前途大事，为父的我，巴不得你凡心未泯。

其实，为父的我，跟你在许多心态上十分接近，我们都不愿伤人，甚至也很喜爱人群，只是除了公务之外，十分渴望一个人孤独地生活。你终身的朋友，就是你的书和你旅行的鞋子。父亲我，内心也有想放下一切、脱离一切而去自在度日的向往，只是欠缺你的那份大手笔，一说放手，就当真给放了。我想，我之所以不能"好了"，并非因为那么多的责任，我只是怕痛。你的"好了"，其中也并不是没有责任，只是你比我能忍痛而得到的。

在你未离家之前一日，6月4日，你收到大陆的表哥来信，信中提醒你，当不再流离，可得把自己的生活做个调整，不要再颠沛下去了。你看着信，把表哥的意思讲出来，我也深以为是。曾记得也问你有什么调适的打算，你笑着说："顺其自然就好，不必太做打算。"过了24个小时，你走出了家庭，在清晨拂晓的时分，在你母亲又要入院之前。这种自然里，自有你的不肯矫情。我猜想你在那一天，受到了无关家庭的大痛苦。

回想起来，你从大陆归来之后，突然说："《金瓶梅》这本书，比《红楼梦》更真诚，现在再看《金瓶梅》，才知道哭出来。"我不知道这两本书有什么异同之处，你却已经放下了《红楼梦》，只为了"真诚"两字。

平儿，对于你的未来，我没法给你什么建议，为父的我，无非望你健康快乐。而今你已走到这大彻大悟的境界里，我相信以后的日子你自会顺其自然地过下去，虽然在旁人看来，也许你太孤单了，但我想，这恰是你所要的。在你的留书中提到，希望手足们也不必刻意联络，这一点我会告诉他们。你说，跟他们没有共同语言。

至于我的未来，我只有一点对你和你手足的要求。如果有一天我丧失伴侣，请求你们做子女的绝对不要刻意来照顾我或来伴我同住，请让我一个人安安静静地过我的日子，更不要以你们的幻想加入同情来对待我，这就是对我的孝顺了。

（摘自《读者》2014年第24期）

一夜长大

叶倾城

把父亲从医院接出来之后,他经常在傍晚时,推着父亲的轮椅去附近的小公园散步。那里有一泓湖泊,他不时停下来替父亲擦擦嘴边的涎水,温言细语:"冷不冷?要不要喝水?"天气正渐渐冷起来,湖面上的黑鸭子一只一只飞走,父亲指着鸭子激动地"啊啊"叫,他耐心地和着:"嗯,鸭子鸭子,鸭子飞了。"

来探病的朋友吃了一惊:"你像一夜之间长大了。"

他也没想过会这样。他在家里赖到二十八九岁,日子过得生机勃勃:也恋爱也上班也交友,动不动还和父母吵架——不吵不行呀。父亲节俭,保鲜膜用过再用,一揭开,西瓜上全是鱼腥气;又天真,看到电视上"只要888元"的广告,就打算打电话,被他一顿臭骂,讪讪地又咳嗽又揉鼻子;这么大了,父亲仍然会没事翻他的抽屉,他没好气地吼过去:"翻什么翻？非翻出安全套才甘心呀？"有一天，正吃着饭，突然间，父亲的筷子直抖，菜哗哗撒了半桌子。他正不耐烦，抬头却看见父亲口角歪斜，缓缓倒了下去。

天崩地裂。日子一下子变成：ICU、缴费单、陪床……还要挣扎着去上班。

由不得他想什么，要给父亲擦身，要洗大小便。开始是买成人失禁品，眼看要生褥疮，于是家里的旧床单全成了尿布。每天带回家洗，洗衣机轰轰不休，他倒头就能睡着；洗衣机一停，他"霍"地站起来晾尿布，挂出去好几米，迎风招展。

洁癖不治而愈，曾经文艺青年的小娇情，不知几时会卷土重来，但至少现在，他是一个在任何环境下都能狼吞虎咽、见任何床都能呼呼睡着的人。

父亲渐渐醒了，却没法理解自己为什么被困在一张陌生的床上，认定这是一场阴谋，忍不住要对周围的假想敌们拳打脚踢。他笑嘻嘻地打不还手、好言好语。人一出生，就是不会言语，全靠哭泣和身体语言；人之将亡，也是一样的路程。他认了。这是一笔古老的、20多年的债务，他得还。

突然没有拖延症了。以前到公司，先开QQ、淘宝、微博……再打开工作文档，现在他对领导千恩万谢：这年头，能容下一个家里有病号的年轻人频频请假，容易吗？就在病房的走廊上，他全心工作，不时看一眼吊瓶。难得入睡的父亲像枚戒尺，强迫他静心。曾经天天抱怨"没有整块时间"，现在时间零散到以分钟计，他倒觉得绰绰有余了。

也不再是暴躁的愣头青了。医护人员有时说话很冲："你懂你上呀。""医学不是万能的。"他恨得握紧拳头。一意识到，惊出一身汗，赶紧一根手指一根手指轻轻地放松：热血青年的不管不顾，是要由长辈来买单的。他能为了逞一时之勇带父亲转投另一家医院？更何况，他明白医生说的并没错。他的愤怒，不针对任何人，只缘于自己的无能为力，只缘于那种叫天不应、叫地不语的烦躁。

父亲这一场病，拖了一年多，他始终身兼多职，还偷空见过几个天使投资人，谈了他多年的创业梦。父亲状态平稳后，他去递辞职信——再不开始，梦便永远是梦。他不想"子欲养而亲不待"，也不想"徒有梦而身不由己"。

上司拍拍他的肩膀："我看好你，孝顺的人，无事不成。"孝顺这个词，又熟悉又古怪，第一次放在他身上，他很不好意思，于是认认真真想：什么是孝顺。

原来孝顺不仅仅是儿女对父母的爱、依赖与安全感，还是把爱化为具体，是不论多疲倦还是要站直，让老去的父母有个依靠；是不计前因后果的付出，不能回避、不能逃避的责任。不能大喊一声"老子不干了"就撂挑子，你做的每个决定，都是父母晚年的一滴水、一粒米，也是你毕生的心安。

这还是一种人力的无可奈何：无论做了多少，到最后，一定是一场空。父母只会越来越老，步入死亡，所有的钱、时间、心力，都是扔到黑洞里去。但这是写在血里的承诺，是人类世代相传的根基。

而他说：也许，我得到的更多。

（摘自《读者》2015年第9期）

父与子，在路上

青衣佐刀

12岁到18岁，对一个少年来说，是其人格发育最关键的时期。这一阶段，我持续关注着儿子陈天成的成长。我不望子成龙，也从未有过要为儿子规划人生的想法，更不强迫他去做自己不喜欢做的事，但我还是想在这个阶段能为他做些什么。

2012年川藏线骑行

在他还很小的时候，我就想过要来一次川藏线骑行，后来考虑到高原路途的艰难和缺氧会伤害他，最终放弃了。转眼到2012年暑假，儿子14岁了，看着他1.76米的个头，我觉得该出发了。

当我们在川藏线骑行3天后，几十公里的艰难上坡让我原本拉伤的半月板终于碎裂,右膝关节内侧疼痛难忍,之所以还能坚持下来,其实,也是做给儿子看的。否则,我早早就会放弃,而不必用冒着一条腿残废的风险来做此行的赌注。

那次骑行,我们有3个约定:第一,整个过程的食宿、线路安排都由儿子定,我只做顾问;第二,整个过程必须骑,再累都不能推着走;第三,骑到拉萨后,将我的稿酬和儿子的部分压岁钱,捐给西藏道布龙村完小的孩子们。

第一条约定是想培养孩子的综合素质,第二条是想让孩子经历磨难,培养他坚韧不拔的精神,第三条则是想在孩子的心里种下一颗爱与分享的种子。那个夏天,我与儿子并肩骑行了22天,经历了各种危险、磨难,也欣赏了沿途无数美丽的风景。其间,有争吵,但更多的是彼此的关心和鼓励,还有快乐和感动。

在拉萨只休整了一天,我们就坐上一辆中巴,晃晃荡荡地去了浪卡子县。在完成了捐助后,中午,我俩在路边的一家小餐馆点了两菜一汤,我可以清楚地看到空气中、阳光里飘浮的尘埃。那一刻我的心里,竟产生了一种从未有过的充盈、愉悦、温暖、自由和满足的感觉,我明白了,帮助他人其实就是在救赎自己。

2013年徒步尼泊尔

2013年暑假,我俩去尼泊尔围绕海拔8091米、世界第10高峰的安纳普尔纳雪山重装徒步了14天,每天行程几十公里,到过的最高山口海拔为5800米。

这次旅程的起因可以追溯到儿子小学二年级时的一个夜晚。那时,我想让儿子参加英语课外辅导班的学习，开始他并没有同意。过了几天，我换了个角度对他说："老爸一直有个梦想，想去尼泊尔徒步，可是老爸英语很差，一直不敢出去。如果你能学好英语，等你初三毕业后，我们一起去尼泊尔徒步，你做老爸的翻译，好不好？"孩子想了想，答应了下来。

所以2012年我俩在川藏线骑行途中，就已经计划好了这次旅行的方法和目标：重装，不请背夫，所有的一切交给儿子去做。一是锻炼他的综合能力，二是锻炼他的交际、处事和口头表达能力。

环安纳普尔纳雪山线路，原本21天的行程，我计划压缩到14天内完成。于是，我们每天都要赶很长的路，而且要背30多斤的装备。第三天，儿子已经有些崩溃了，途中他对我说："老爸，太累了，我走不动了，我真想回家看书。"

攀登那个5800米的山口时，两天的路并成了一天，这让我们走得极其受挫。途中突然起了风雪，天色急速黯淡下来。最后200米的上坡路，我站在高处，看着儿子走两步歇一下的样子，心疼极了。我差点准备下去帮他背包，可最终还是忍住了，只是在风雪中不断为他加油。后来，他上来时，嘴唇已经被冻紫，还低声对我嘟囔道："老爸，对不起，我实在走不动了。"我却感动得大声叫道："儿子，你太棒了！"

最后一天，因为天热，又加上一路遭受蚂蟥的袭扰，使我很恼火。晚上回到客栈后被告知，没有事先说好的热水可供洗澡，我的火"噌"的一下就蹿了上来。我冲着伙计大吼起来，围拢在门口看热闹的人越来越多，老板也来了，儿子站在门口不断向外面的人解释、道歉。

等围观的人散去，儿子一字一句地对我说："老爸，你今天根本不像我的老爸，你让我看不起。如果你真是这么想别人的，就说明你才是那样的人。我不屑再和你一起走了，今天晚上，要么我走，要么你走。"他说得斩钉截铁，眼泛泪花。

那一刻，我羞愧无比。我立马认错，对儿子说："儿子，对不起，是我不对，请你原谅。我下次再也不这样说话了，好不好？别让我离开就行。"

儿子想了想，沉默着径直走到床边，和衣面朝里躺下。尽管那晚他没再理我，我却因为拥有了一份从未有过的自豪感而窃喜。

2014年攀登雀儿山

2014年的暑假，我们一起攀登海拔6168米的雀儿山。在一号营地，他因为过长时间地穿着漏水的登山鞋，被冻感冒了，晚上开始发高烧。翌日，当我们到达二号营地时，他已经烧到40度，血氧含量最低时只有40多，躺下后便开始说胡话。后来吃了药，全身出汗，将羽绒睡袋都弄潮了。早晨醒来，我问他是否还能继续攀登，他说："老爸，没事。"

第三天，从二号营地到三号营地要攀上一个约100米高的雪壁，当他攀登到四分之三处时，本来松软的只有四五十度的雪坡陡然变成了将近70度的坚硬的雪壁。在此之前，他只参加过在一号营地里进行的不到一小时的攀冰训练，所以，那天我一直与他并肩攀登。攀登时，我注意到他每次踢冰时都极其费力，有几次差点滑坠。终于，他崩溃了，我看见他双手吊着冰镐，双膝跪靠在雪壁上，转过头，用一种近乎绝望的口吻对我说："老爸，我不行了，我肯定上不去了。"

那天，我最担心的就是他说出这样的话。那一刻，我的心里突然冒出一丝从未有过的恐惧。我提醒自己要镇定，想了想，最终作出一个决定，我大声对他说："陈天成，这时候，谁也救不了你，你只能靠自己了。"接着，我又补充了一句，"你试着用法式的方法攀登，借助上升器。"说完，我硬着心肠，头也不回地向上攀登而去——我不能留给他一点有可能得到帮助的想象空间。

最终，儿子成功了。我们到达顶峰时，风雪很急，我看到他的脸被冰块划破了十几道口子，嘴唇也被冻得乌紫，我很心疼，也很欣慰。

后来，攻顶下撤快到一号营地时，儿子突然对我说："老爸，这次真的感激你，如果没有你，我绝对上不去。"这是他第一次对我说"感激"两个字，那一刻，我觉得这些年的付出都值了。

人生的成功必须靠自己的努力，我所能做的就是尽量为他打开一扇窗，这很重要，因为窗里窗外，是两个境界。

（摘自《读者》2015年第16期）

菊妹的故事

简 媜

生于民国三年（1914年）的苗栗客家姑娘菊妹，父亲是清朝举人，后担任嘉义竹崎车站站长，举家迁往嘉义。菊妹幼年生活优渥，8岁时母亲辞世，她颇具语言天赋，能说闽南语、客家语，精通日文，略懂英文，任嘉义医院护理长。

菊妹长得高挑标致，擅于装扮，又雅好文艺，气质出众，追求者众多。通过他人的介绍，她嫁给了家境殷实、一表人才的黄家"松君"。黄家是当地望族，领有烟酒牌，开碾米厂、制冰厂，田产众多。菊妹深得公婆宠爱，是公公处理事务的得力助手。婚后，夫妻曾有一段恩爱的日子，但是，后来松君常常不在家，本以为他为家族产业四处奔走，渐渐发觉事情并非如此。此时她才知自己嫁了个不务正业、夜夜笙歌的纨绔子弟。

后来，久病的婆婆过世，公公也倒下。等老人家咽下最后一口气，菊妹的苦日子来了。分家时，松君卷走名下的财产，另筑爱巢。此时，大儿子、二儿子、大女儿、二女儿已陆续出生，每个孩子都是菊妹自己断脐，自己命名，自己坐月子，自己喂奶照顾。松君每隔一段时间，留一个孩子让她忙，自己在外吃喝嫖赌，口袋空了，回家找菊妹要，要不到，撂下恶言恶语后走人。甚至，连一家赖以维生的房租，都被松君偷偷收走。

菊妹的第五个孩子不幸夭折，松君稍微收敛一些，在家吃饭睡觉。对四个孩子而言，每天有机会喊"爸爸"，竟是这么美好的事。但温馨时光短如昙花一现，菊妹怀第六个孩子时，为了钱与松君争吵，在推搡中，腹中胎儿流产。

外头不断传来松君与其他女人同居的流言，为了让孩子的爸爸回家，菊妹带着小孩踏上难堪的捉奸之路。这期间，第三个儿子诞生。菊妹依然带着孩子搭火车到新竹找人，11岁的二儿子背着1岁的三儿子，菊妹背着6岁的二女儿，走到女儿喊饿，菊妹心中宛如刀割，加上三姑六婆的窃窃私语："来找人的啦，男人在外头不回家，一定是做妻子的不对……"菊妹越走越伤悲，心里有个声音问："菊妹啊菊妹，你怎么走到这个地步？"

不久，最后一个女儿照美也出生了。对菊妹来说，每个孩子都是宝贝。她重视孩子的教育，对他们管教严格。菊妹喜欢音乐，常听音乐、哼歌，晚上会讲故事给孩子听。那年代，像菊妹这样为生活奋斗又不放弃阅读的女性太稀少了，她的好学精神，影响子女至深。

菊妹除了靠公婆留下的房子收租金外，为了养活六个小孩，还在后院种果树、养鸡、养猪，帮人家织毛衣、做被套、绣学号，甚至到民众服务社教学赚外快。菊妹像牛拖犁，没日没夜地工作，孩子们看在眼里，疼在心里，但她从未在孩子面前怨天尤人。她自信乐观，能从低潮中迅速自我平衡，甚至和孩子们笑闹玩乐，孩子们天性里的快乐被激发出来，长大后皆保有幽默、快乐的能力。三儿子说："妈妈给我们的教育很温暖。"菊妹教出的孩子都自信、诙谐、坚毅、独立。她不能给他们一帆风顺的命运，但能给他们迎战风暴的胆识与毅力。菊妹还教会了他们慈悲和宽恕。六个小孩日后都成家立业，有空时经常带妈妈出国旅行。儿女成年后，松君回过头来找子女要生活费，儿女也不吝于资助。照美还打听到同父异母的弟弟北上念大学，她到学校找他，对他说："我是你的小姐姐，以后有什么困难，尽管找我。"

85岁那年，菊妹离开人世。病床上，菊妹交代了两件事：一是，她走后，子女要回去探望爸爸；二是，她留了十万元，将来给松君办后事。

菊妹以身作则，用生命最后一点力气示范对这一生所受伤害的宽恕，她把这一生被爱情腐蚀过的枯槁记忆恢复成参天绿荫，把干涸恢复成潺潺清泉，留给子女真善美的心灵。

（摘自《读者》2015年第22期）

夏小绿的爱情课

林特特

15岁的夏小绿，是个很可爱的台湾女孩，在读中学。

新学期伊始，她陆续被三个男生表白，分别是学长张、同学李、邻校篮球队前锋孙。学长张相貌帅气，同学李成绩优异，前锋孙更不用说了，在球场上他是王，投三分球时，所有女生都会尖叫。对于各有所长的三个男生，夏小绿有些迷茫。

选择谁？放弃谁？

夏小绿陷入人生的第一次感情苦恼中。

夏妈妈是一位著名导演，曾获台湾金马奖，平时工作很忙，经常台湾和大陆两地跑。夏妈妈看见女儿心事重重的模样，主动约她一起逛街。

母女俩在一家家店逛啊逛，小憩闲聊时，夏妈妈忽然问："夏小绿，你为什么心不在焉？"

实在没有更合适的人可以商量,夏小绿便将事情和盘托出,然后问:"现在,我该如何选择?"

夏妈妈沉吟:"谁都不选,等一等。"她的理由是:无论是谁,一次表白就成功,都不会把你当金枝玉叶。"再说,女生是有身价和口碑的,都拒绝,谁都得不到。慢慢地,你周围的人就会知道夏小绿很难追,要用心追,好好珍惜。"

夏小绿将信将疑,试着照做。令人惊讶的是,被拒绝的三个男生似乎越挫越勇,爱情攻势愈来愈烈,鲜花、糖果、月夜下弹吉他、电台点歌告白……一时间,夏小绿成了全校的焦点。开始时,同学们纷纷议论:夏小绿为什么这么难追?再过段时间,大家习以为常:哦,夏小绿是女神。

经过慎重考虑,夏小绿选择了同学李做男朋友。因为他最有诚意,也因为他给夏小绿的帮助最大——辅导她功课,陪她温习。有一次她病了,李主动上门讲解试卷,还带着巧克力……每次考试发榜时,他总是第一。做他的女朋友,夏小绿觉得好温馨、好荣耀。

然而,暑假来临,李却没有最初那么殷勤。通电话时,他冷冷的。见面时,夏小绿提起最近喜欢看的漫画、爱玩的游戏,李将眼神中的诧异直接用语言表达:"马上就要升学了,为什么你还可以这么放心地玩下去?"

夏妈妈听到他们的谈话断定,很快,李就会向女儿提出分手。

果然,当晚,李发来短信,委婉地说:"我要全力以赴准备升学,最近,还是少见面、不见面的好。"夏小绿再笨,也听出了弦外之音。她第一次被人甩,震惊、震怒、痛哭流涕,她双眼红肿地去客厅倒水,撞上正等着她的妈妈。

母女俩秉烛夜谈。

"李一定觉得你不够上进。"夏妈妈分析,"他是个骄傲的男孩,希望身边站着一个能与他匹配的优秀女孩。"夏小绿颓然。

夏妈妈又拿来一张白纸,画了一个小人,标上"夏小绿",画两条路:一条写着"继续做自己","继续看漫画"——"继续打扮"——"继续游戏"——"对他无所谓";另一条写着"改变自己","学习"——"准备升学"——"让他大吃一惊"——"挽回他的心"。

"事情的解决无非就这两条路、两种结果,你自己来选择吧!"

擦干眼泪,夏小绿选择了后者。暑假剩下的时间,她都用来读书。新学期第一次考试成绩揭晓后,李很自然地回到夏小绿身边。放学时,他理着夏小绿书包的肩带,比以前更温柔了,他们之间仿佛什么都没发生。

中学生的爱情简单到夏妈妈用脚趾就能预测,可夏小绿对妈妈的崇拜却到了巅峰。

当然,夏妈妈也预测到中学生爱情的不稳定。所以,一段时间后,当李又出现忽冷忽热的状态时,她提醒夏小绿:"你是不是有了情敌?"

夏小绿亲眼看到李和邻班的茉莉坐同一辆公交车离去,而李之前打发她的理由是晚上要参加学校的补习。然而,对于妈妈的"神"预测,她并没有感到意外,只是问妈妈:"现在,该怎么办?"

夏妈妈只说了三个字:"先下手!"

第二天,夏小绿就和李摊牌了,她说:"对不起,谢谢你的陪伴。"李下巴都快要掉了,夏小绿转身而去,在太阳下看到李的影子一直在,想必在目送她的背影。

"无可挽回,就别挽回。谁先提出结束,谁占上风,谁的痛苦就会少一些。"妈妈的话被夏小绿写在日记里,日记的标题是《今天,我结束了初恋》。

夏妈妈是我的合作伙伴。她来大陆,和我谈完公事谈私事。"爱情无非就是如何接受、如何选择、如何挽回、如何继续、如何结束……"夏妈妈笑着说,"恋爱无所不在,我们在恋爱中学会和人相处,和人分别……我爱夏小绿,所以才做她的爱情顾问,给她上一堂爱情课,希望教会她如何更好地爱,如何不受伤害。"

（摘自《读者》2015年第22期）

当外婆还不是外婆的时候

陈 墨

一

尽管从小与外婆一起生活了6年，此后也时常见面，但张哲却从未试图与这位大自己5轮的老人真正交流过。在他的心目中，当了一辈子小学老师的外婆自带一种"生硬的气场"，何况还操着一口难懂的方言。

事实上，除了特别严厉，当过记者、编辑的张哲从未觉得自己的外婆有任何特别之处，直到他发现了一本70年前的毕业纪念册。

一本不及A4纸一半大的小册子，用深蓝色的布包裹着，一端用褐色的绳子穿过。翻开又轻又薄的纸张，毛笔写就的赠言各有风致："在艰难与破坏中的建设，是真正的、有价值玩味的！""读书犹如金字塔！""一分努力,一分报答。"

所有的留言都是写给外婆刘梅香的。1945年,22岁的梅香同学从浙江省湘湖师范学校毕业。

去年12月的一天,张哲接到妈妈打来的电话,说外婆摔倒了,他急火火地赶到医院。病床上的外婆让他揪心,尽管一直以来,这个内向的文艺青年并不觉得和外婆有多亲近。也许是因为外婆的暴脾气。

相传"文革"时,有学生在课堂上站起来大喊:"打倒坏分子刘梅香!"当了一辈子班主任的外婆不动声色,一个黑板擦飞过去。甚至她原本的姓氏"刘"也被牛脾气盖过,有人干脆喊她"牛老师"。

除去逢年过节给外婆打电话,张哲很少与外婆有其他交流了。这次张哲担负起了帮外婆找通讯录的重任,这让他与承载外婆青春的毕业纪念册不期而遇。

让他吃惊的是,纪念册中的留言字体各不相同,有的遒劲挺拔,有的挥洒飘逸,有的豪放不羁,有的娟秀雅致,每一篇都堪比书法作品。每条留言最后,都有署名和印章,留言者和张哲的外婆刘梅香一样,都是再普通不过的农家孩子,留言时间是抗日战争胜利前夕。

"如果不是这确凿的物证,我根本不知道要怎样去想象,眼前这位老妇人也有过意气风发的年代。"张哲说。

二

外婆奇迹般好起来以后,张哲以堪比抢救文物的急迫心情,"抢救"外婆的记忆。

外婆的求学生涯是在逃难中度过的。1942年,外婆入学不到一年,暂设在浙江松阳古市镇附近广因寺里的湘湖师范遭日军轰炸,7人被炸死,血肉飞到树上挂起来,是胆子大的老师和同学将其取下,一捧一捧运出去埋掉的。随后,全校师生继续南迁,流亡办学。到抗战胜利前一个月外婆毕业时,学校已数次更换校址。也是在这期间,外婆结识了毕业纪念册里的同学……这一天,张哲与外婆一直聊到晚上8点。此前,他从未与外婆有过如此长时间的交流。

三

外婆最难忘的两段日子,一段是在湘湖师范读书,另一段是"文革"。"文革"时,害怕抄家时惹事,外婆狠心剪掉了她和外公穿婚纱、西服的结婚照,烧掉了线装本《红楼梦》。张哲妈妈王冰芳读《红日》时被发现,外婆喊着"毒草"把书扯了个稀巴烂。

但一到学校,外婆就变成了天不怕地不怕的"牛老师"。有一天,那时已是中年妇女的外婆正在上课,窗外有其他班的学生探进头,鼓动本班的学生到街上闹革命去。外婆放下点名册,平静地对学生们讲了自己的两个原则:

"第一,不管怎么样,我还是按照教学计划上课,只要下面有一个学生,我就照样上。如果一个学生都没有,我就站在教室里,站到下课再走。第二,不上课可以,但是将来要找我补课,我是不给补的。"

班上的同学都留了下来,刘老师却没有兑现不补课的承诺。即便在停课闹革命时,她也把学生叫来,说:"所有学校都停课了,我给你们上课吧。"

因为心直口快容易得罪人,她毕业后辗转换了3所小学才安定下来,教到退休。如今,她的最后一届学生也已年过半百了。

打张哲记事时起,家里的展柜上就放着几件精美的瓷器,上面画着山水,还有题字:"梅香学姐纪念,仙华购于景德镇。"

张哲妈妈问起时,外婆只答是同学送的,直到张哲带着纪念册和老照片坐在外婆脚边,她才变回70年前的刘梅香。

潘仙华是外婆在湘湖师范的同班同学,椭圆脸,眼睛细长,很温和的样子。学生逃难到山上时,外婆帮他拿过治疟疾的药。后来两人刚好在一组值日,潘仙华神神秘秘地递来一张小纸条:"你晓得他们为啥把我们派在一组?"

素来心直口快的刘梅香,却在恋爱问题上矜持起来。

一直到潘仙华提前毕业,刘梅香才开始"曲线救国",她写了一封很长的信给与潘仙华同行的同学,只有一句话是重点:"我们大家现在年纪都不小了,以后的事不知会怎样。"她知道同学能会意,把这话讲给潘仙华听。

她等了很久,盼到了回信,同样很长,也同样只有一句话是重点:"老同学,我们的年纪说小不小,说大也还不大。"

外婆的心凉了半截。后来听说,潘仙华喜欢上了别的姑娘,外婆也遇到了外公。

四

现在,这个比外婆小了整整60岁的外孙,成了全家最了解外婆的人。但他总觉得外婆的故事还缺一个结尾。

外婆摔跤又康复后,打电话给她久未联系的好闺密楼庭芬,不承想楼庭芬嗯嗯啊啊，没说几句就挂掉了电话。后来张哲才知道，老人家的听力已经非常差了。而当年活泼开朗的文艺骨干陶爱凤患了阿尔茨海默病，已在医院里住了多年。

这让外婆很失落。从在湘湖师范的学生时代起，三姐妹的感情就一直很好，"文革"时都没有断了联系。直到上了年纪，不饶人的岁月把她们固定在了自己的生活半径里。

"她们没有败给炮火，没有败给政治运动，却败给了岁月。"张哲感慨道。他最终决定联络两家的子女，为老人们安排一次"世纪大重逢"。

苍老的手终于握在了一起，没有拥抱和泪水，仿佛情绪和感触都已经被几十年的岁月风干了。

在最终出版的《梅子青时：外婆的青春纪念册》中，张哲把"世纪大重逢"的照片做了手绘处理，画上的三位老人头发斑白，眯起眼笑得开心，外婆不缺牙，陶爱凤也嘴角上翘，露出一口整齐的牙齿。

（摘自《读者》2016年第2期）

念念不忘，必有回响
苏尘惜

一

屋子里空荡荡的，沈姨不在家，手机落在家里，估计她又去了昌平常去的那些地方。两个月前昌平去世，从此沈姨就跟丢了魂似的，整个人心不在焉，我真担心她出事。

到几个熟悉的地方找，都没有找到，最后我在派出所门口发现了她的踪影。她在马路对面一动不动地站着，眼睛直愣愣地瞅着派出所。这是昌平原来工作的地方，沈姨最近隔段时间就会转悠到这边来。

"沈姨，天凉，回家吧。"我上前劝她。

"再等一会儿，你说，昌平会不会忽然出现啊。"她神神道道地说着，我陪着她站在那儿许久。在天空下起蒙蒙细雨的时候，沈姨才肯挪动脚步回去。

似沈姨这般崩溃的情绪，在昌平刚去世的那些日子里，我也有过。只是现在已过去两个月，我渐渐从悲伤中走出来，可沈姨直到现在也难以释怀。昌平是我的未婚夫，也是沈姨的独生子，正当我们全家人欢欢喜喜地准备婚礼的时候，传来他执勤时发生事故去世的消息。沈姨当晚就心脏病发作进了医院，我在医院走廊整整呆坐了一个晚上。

当时的我精神颓靡，而比我更崩溃的是沈姨，因为她身边只有昌平一个亲人……家人和朋友都劝我别待在那儿了，毕竟我和昌平还未领证，继续待下去怕是对我以后的婚嫁都有影响，而且我和沈姨在这间原本要变成婚房的屋子里，总是会想起昌平。

还记得一周前，因为要出差好些日子，我向同事借了一个比较大的行李箱，那天拖回家后就放在角落里。沈姨时不时地瞥一眼那只箱子，直到吃完饭，她才有些沮丧地问我："朵儿，你要走了吗？房子找好了？"她眼巴巴地望着我，好像我马上就要离开。

"没有，就是出差几天。"

她显然是不信的，继续自言自语地说："走是应该的，陪着我只能徒增你的烦恼，姨真是拖累你了。"说着，两行清泪就从她的眼中流下来了。

我忙从一旁拿过纸巾："姨，说什么呢，昌平要是听到了该多伤心啊，就算做不了你的儿媳妇，当个女儿也能孝顺你啊。"

沈姨看了一眼我，又看了一眼昌平的遗像，沉沉地叹了一口气。

二

我把昌平的网络账号、密码一并给了沈姨。沈姨学会上网以后，天天登录昌平的QQ，只要沈姨手机有电，那个头像总是亮着。我生日那天，昌平的头像忽然蹦出来说："丫头，生日快乐。"

这完全是昌平的语气啊，那一瞬，我对昌平的思念喷涌而来，尽管我知道QQ背后是沈姨。她是在看完我们所有的聊天记录后，突发奇想模仿昌平的口气给我发了信息。

那天回去，桌子上放着一个精致的抹茶蛋糕，上面写着："18岁生日快乐。"

看到这句话，我的眼泪止不住地流。沈姨一定是看了昌平所有的日志，也记住了日志里所有的内容，因为其中有一句就是：我家丫头永远18岁，多少个生日都陪你过。

"沈姨，谢谢！"想说很多感谢的话，可话到嘴边，只变成了简单的四个字。沈姨捂嘴偷笑："我下次也过18岁生日。"

我已经记不清有多久没看见沈姨这般释怀的笑容了，她终于开始试着走出阴影。我无比宽慰，把蛋糕吃得干干净净——沈姨的心意，我不能辜负。

三

我爸忽然要来南京治病，但是医院床位太紧张，也不知道过来能不能马上住院，他让我先找个能住的地方。当时我有些措手不及，临时找靠近医院的住处，也不是件容易的事情，而且说不定还需要住一段时间。

"来家里，找什么宾馆。"沈姨说完就去收拾客房，拿出新的床单、被套换上。问清我爸要去的医院后，她找了熟悉的人询问科室情况，看能不能早点安排住院。

还未等我开口提任何请求，她已把能想到的都做了。

那段日子，正是公司业务最繁忙的时候，我不能请事假。当时我想辞职照顾我爸，被沈姨训了一顿："挺好的工作，辞了多可惜，有我和你妈照顾，你就安心上班吧。"我妈和我在医院轮流陪床，沈姨每天都做好了吃的送过来。

我爸住院住了整整两周，病是好了，但出院的时候身体依然虚弱，不适宜马上返程。沈姨邀请我爸妈在家里住了一阵子，才找人开车送他们回老家。

临走之前，我妈欲言又止，她是想劝我不要一心沉溺在过去的感情中，总得再找别人过日子，这些话她在电话里说了好多遍，这次碍于沈姨在，她不好开口。沈姨一眼就看穿了我妈的心思，劝慰她："朵儿的婚姻大事，我会张罗的，南京好小伙挺多，不着急。"

沈姨不只是嘴上说说，她真的到处询问，她说一定要找个比昌平还优秀的小伙来照顾我。"这么好的姑娘，昌平没这福气照顾你，我一定给你张罗一个。"

清明节那天，我和沈姨一起去给昌平上坟，她平静地抚摸着墓碑，说："孩子，朵儿是时候去过自己的日子了。"

沈姨把屋子里所有昌平的照片都收了起来，甚至连我床头那本婚纱照的册子也收了起来："朵儿，试着敞开心去接受别人吧。"

四

相亲犹如走马观花，我接触了不少男人，但他们一听说结婚以后可能要照顾三个老人，很快便销声匿迹。

周数出现以后，似乎一切问题都不存在了，他完全不介意沈姨，念叨着说："家有一老，如有一宝，三个老人就是三件宝贝。"他说以后一定给我最幸福的生活。

之后，他用实际行动证明了自己的承诺——追求了我整整一年没有放弃，并尊重我对昌平的感情。

周数家境富裕，家里也准备好了婚房，所以他提议我早些搬出去住，过我们两个人的生活。沈姨知道这个消息后，执意递给我一张银行卡："之前给昌平存的，现在给你当嫁妆，虽说婆家日子好过，但咱们自己有钱，底气才足。"她又拿出之前准备的一些金首饰，"这些都是给你的嫁妆。"

望着眼前的这些东西，我当场掉泪。我和沈姨并没有血缘关系，她却心心念念地替我操办着一切。心意我能收下，可钱和首饰万万是不能收的，那是她晚年生活的保障，我拒绝了她的好意。

可就在我结婚当日，我妈拿出来给我的那套首饰，就是沈姨送的。

结婚典礼上给父母敬茶的环节，说好了我妈和沈姨一起上台的，可是到那时，沈姨却不见了踪影，不知躲哪儿去了——就算她再坚强，遇上这个场景总会想起昌平，还有那场未完成的婚礼。

婚礼结束后，我在大堂的一个角落里找到了沈姨，她眼圈泛红，一看就是刚哭过。我走上前，轻轻牵过她的手说："沈姨，今天我特别想做一件事。"

"啥事？"

"叫您一声妈。"

她粗糙的双手微微一颤，眼泪涌出来，却又咧开嘴笑了，我看得出，那是幸福欣慰的笑。

（摘自《读者》2016年第6期）

女儿的厨艺

尤 今

此刻,在我眼里,女儿就像一尾悠游于大海里的鱼,自在、熟练、胸有成竹。

她轻车熟路地领着我,来到了伦敦的鲜鱼店,身材胖胖圆圆的中年老板亲切地与她寒暄:"好一阵子没来了,在忙些什么呀?"女儿答道:"到菲律宾公干呀!"胖子调侃:"今天一定是闻到鱼的鲜香才赶来的,是吗?"女儿笑道:"是呀,别人有千里眼,我有千里鼻呢!"胖子又问:"你是不是要做刺身和寿司呢?"女儿说:"对!麻烦你给我一公斤三文鱼、一公斤金枪鱼、二十颗特大的鲜带子。"

手拎那带着海洋气息的海鲜,她先赶往农贸市场,买瓜果蔬菜,又到超市去买了上好的牛柳和葡萄酒,然后回家。

她一边动作麻利地处理食材,一边高声宣布当晚六人共餐的菜单:"开胃品是带子沙拉；主食有三道——三文鱼刺身、彩虹寿司、日式牛柳；甜品是奶酪蛋糕、草莓雪糕。"

我们"哇哇"连声惊叫，每一次叫声都裹着浓浓的笑意与满满的期待。

她不让我们帮忙，独自撑起一片天。我站在一旁，饶有兴味地看着。在她童年与少年时代，我在厨艺上对她刻意的熏陶与训练，今日在异国他乡的伦敦，终于结出了美丽的果实。

我常常告诉她，烹饪是家里的一件大事。我们要吃得好，但是，我们也不要把过多的时间挥霍在柴米油盐上。和做其他任何事情一样，如能将烹饪运筹帷幄，也能事半功倍。现在看来，她"一心多用"的行事方式，已经完全得到了我的真传。

她将三文鱼、金枪鱼、牛油果、黄瓜、芦笋、胡萝卜等分别切块、切片、切丝。准备好了，便将煮好的米饭均匀地压在紫菜上，加入鲜鱼和其他配料，用竹片卷成寿司。每卷寿司均匀地切成八段，在盘子里摆成放射状，宛若一圈璀璨亮丽的彩虹。

接着，她把牛柳用酱料腌了，搁置一旁；快刀把蒜头切成薄片，用慢火在油里煎成金黄色。然后，细心地根据各人的要求，把牛柳分别煎成五分熟、八分熟和全熟。煎好了，便把金光发亮的蒜片撒在上面。

她那种比专业厨师更用心、更严谨的态度，着实令我赞叹不已！

新鲜带子要煎得恰到好处，是一大挑战，可这居然也难不倒她。只见她用纸把丰腴肥美的带子弄干，在热锅里放了牛油，信心满满地说："每一面只要煎一分钟左右，便恰到好处。"柔嫩诱人的带子和淋上特殊酱料的新鲜菜蔬搭配得天衣无缝。

餐毕，看着大家脸上的惬意和满足，她突然转头对我说道："妈妈，谢谢您。"我微笑地搂了搂她。知女莫若母，我清楚地知道，她向我道谢，是因为我在她懵懂无知的成长期，便教会了她领略烹饪的美妙，也教会了她掌握烹饪的技巧。

烹饪，绝对不是枯燥无味的杂务琐事，它既是实用的技能，也是快乐的源泉。当年，在女儿满月后，我便把婴儿摇篮带进厨房，刻意培养她敏锐的嗅觉。女儿刚满3岁，我便让她站在高高的凳子上，煎鸡蛋、烙马铃薯饼。训练的难度，随着年龄的增长而渐次提升。由于我常常寓教于乐，把笑声镶嵌进烹饪里，所以，女儿一直非常享受烹饪。到她18岁负笈英国时，已能做得一手好菜了。

如今，独自在伦敦生活，不管工作多忙，她绝不亏待自己的胃囊。她能在短短的半个小时内，煮出让自己的味蕾惊艳的食物。

劳逸结合，人生因此而变得更为圆满、更为美好。

（摘自《读者》2016年第6期）

幸福总有缺陷

艾小羊

一场一场的雨下过，冬天就来了。去年冬天经常来咖啡馆的客人，今年冬天已经不知所踪，他们到来时没有打招呼，离去也无须报备。

这对母女是我在今年冬天遇到的。星期天的下午，窗外下着雨，她们面对面坐在桌前，昏黄的台灯照着面前的书页。天天在一起的人，已经没有多少可聊，所以她们安静地各自看书，中间摆着一块芝士蛋糕，谁想起来就叉下靠近自己的一块儿，慢慢地，三角形的蛋糕只剩下中间的一堵小"矮墙"。

女儿十二三岁，看书很快，与其说是看书，不如说是翻书，每本书翻十几分钟后，便站起来换一本。有一次，她拿下一本《性文化史》，厚厚的，红色封面，饶有兴趣地看着。母亲发觉她有段时间没有换书，饶有兴致地问她在看什么，她将封面展示给母亲。母亲的脸腾地一下红了，无助地看着女儿，似乎左右为难，不知该说什么。女儿顽皮地笑了，嘴角上扬，有淡淡的嘲讽，似乎在说，别大惊小怪了，一边却自觉地站起来，伸长手臂，努力把书放在很高的书架格子上。母亲冲她笑笑，没说一句话，待女儿去洗手间，她站起来，匆匆忙忙地将那本书翻了一遍。

这对母女的生活，在我看来既幸福又完美。她们总是手挽手进来，穿着风格相近的衣服，米色或者灰色的休闲装，没有任何花哨的装饰，如果不看脸，你会误以为她们是年龄相差无几的闺密。离开的时候，她们也是手挽着手，两人脸上的表情总是淡淡的，淡淡地微笑，淡淡地说话，淡淡地欣赏风吹过院子里的竹叶。女儿的脸上没有幼稚，母亲的脸上没有严肃。

有时候，女儿会选取书中的某一个段落，读给母亲听。母亲听完，淡淡地说，写得真好，并不多加评论。

一位同样注意到她们的客人，是心理医师，他赞叹这位母亲的聪明。对于十二三岁的孩子来说，父母只需要认同，而不需要表达，往往你表达得越多，越容易产生距离，因为父母与孩子，永远不可能有相同的想法。

咖啡馆的熟客，几乎每个人都有代号。爱嚼槟榔的叫槟榔哥，长得壮硕而可爱的叫小胖，爱穿短裙的是静香，还有红风衣、小丸子、不高兴等等，不知谁给这对母女取名为李雷和韩梅梅。没错，就是初中英语课本里友谊天长地久的那对好同学。

一天晚上，心理医师怀揣着一个巨大的秘密悄悄蹭进咖啡馆。他努力想藏住它，却还是忍不住悄声告诉我，那位幸福的母亲原来是单亲妈妈，离异多年，曾经去他所在的心理诊所就诊。

"我一直以为她有一个幸福的家庭。你瞧，连我都看走眼了。"他说。

我虽然心里一惊，但转念想想，母女两人那种心照不宣的亲密，的确带有某种刻意。

　　谁说残缺的家庭不容易幸福？多少家庭，因为完整，而成员过于随意，甚至随意地彼此伤害。相反，有一点点顾忌，反倒容易让人去刻意经营，经营着有缺陷的幸福，经营着残缺的完美。这个世界上，每个人都是带病生存，至少离异的母亲与父爱缺席的女儿，深深明白自己所患之疾，对症下药，倒比那些自我感觉良好，实则病入膏肓的人更深知亲密关系得之不易。

（摘自《读者》2016年第6期）

母亲的手艺与哲学

温 瑶

一个家，厨房才是核心地带。厨房是个保藏智慧的地方，女主人用情多深、心思怎么样，从锅碗、调料、蔬果就能略窥一二。

妙手天成，炫技之夜

我母亲是个天生的好厨师。据她说，小时候外公不常回家，外婆上班早出晚归，落下的中间这一餐让他们兄妹几个好生痛苦，于是她这个当大姐的就自然而然、无师自通地学会了做饭做菜。后来出嫁，她的婆婆、我的祖母是地主家的女儿，吃喝用度铺张考究，尤其在吃的方面。什么火烧什么水，什么时节吃什么菜，规规矩矩，方寸不乱。母亲投师于我祖母门下，不足一个月，厨艺已初见长进；三月余，突飞猛进；到我出生的时候,她已经是婚丧宴席都能操办得游刃有余,街坊邻居无不交口称赞的居家小能手、好厨娘。

小时候过年,凉菜、热菜全部提前备好。饺子要包好几百个,水果、小食都不得少,富余出来的时间就留给亲人说私房话。那光景,常常是午饭撤下去的饭菜,晚上热一热接着端上来,仿佛永远吃不完,而话能说到天荒地老。外头鞭炮噼噼啪啪地放,屋里腾腾的热气最终扑到了窗玻璃上。如果这时候突然下起大雪,客人便不忍走了,母亲会自然而然对大家说:"晚来天欲雪,能饮一杯无?"把诗说得像家常话一样。那是我记忆里最浓郁的年味儿,浓妆淡抹,意蕴悠长。其实桌上的菜不外那几样:豆酱、酥肉、酥鱼、什锦锅子、扣肉丸子、干炸带鱼、八宝炒酱……视各家经济情况而定。假如半天下来谈兴不减,母亲会亲自下厨额外备几样小炒。小炒都是新鲜菜,清清爽爽,不油腻。没有胃口时吃几样甜点也很享受,八宝饭、核桃酪是永不会出错的选择。

年味变淡是从家里老人去世开始的。到最后一位老人离开,母亲做的年夜饭便再也不是小时候的味道了。传统的过年菜一年少似一年,没人吃了。这几年的年夜饭更像是摆设,设宴一桌,静候客,但少有人只因挂念而前来叙话了。我看着母亲一次次把热好的饭菜再端下饭桌,自己也不吃一口,就在一旁撺掇:"不如咱以后不做这些肥鱼大肉了,只做锅子、饺子,谁想吃谁吃,怎么样?"母亲眼睛一亮,正中下怀。

任意围炉,奇香荡漾

我家的锅子是羊肉锅。羊肉一定要选来自内蒙古草原的上好羊肉,洗洗涮涮,然后切成肉丁,加各种香料下锅炖。炖肉的当儿准备自己喜欢吃的素菜。胡萝卜绝不能少，待到羊肉炖烂，将准备好的素菜下水飞氽，半熟时铺到锅底，舀几勺带汤的羊肉那么一浇，火"啪啪"一点，再搁点儿辣椒。另起锅，挖少许自制猪油在锅内化开，烧到七八分热时迅速淋到锅子里的辣椒上，做到麻、辣、鲜、香，这羊肉锅子就成了。如果不够吃，再兑些肉汤，继续煮。这是全年吃得最慢、最长的一顿饭。年三十，吃饺子前，我们一家人就围着这么一只锅子，嘘寒问暖，各诉心事。吃到满头大汗的时候，体内积蓄了一个冬天的寒气、怨气，因为这羊肉的香气，都被神奇地驱走了。

古时候祭祀少不得各色牺牲，用其香味召唤祖先和神灵，可见，一盘人间美味果真可以香得惊天地、泣鬼神。我母亲似乎一早就领略到食物的高妙，说她做的饭菜摄人心魄，并不是虚言。她是留着这一手，把亲人朋友往自己身边拉拢呢。

母亲还特别细心，每逢吃锅子，必做一盘水晶山楂，这是最受全家欢迎的一道菜，解酒除腻就靠它了。

咆哮与舒展，甜与辣的哲学

母亲嗜辣，却做得一手好甜点。我小时候根本没发觉，到这两年才知道，一个女人的情绪，全靠这"甜""辣"二味调节。我常见母亲一言不发地坐在厨房餐桌旁看书、练字、织毛衣，火上往往炖着骨头汤，或是煮着大枣红豆。这时候，谁也不忍打扰她，她必有心事，这心事牵扯着生老病死，她不能也不愿把这些事随随便便地说。这期间她做的菜往往由微辣上升至鲜辣，至暴力辣仍不见封顶，那架势似乎意在把自己乃至全家谋杀。如果有一天，她突然做了一道油炸糕，那意味着她想通了，一腔怒火已被一场大雪压了下去，天下太平了。近几年我学乖了，会时不时要求她做几块油炸糕，帮着她一起做，大家开心。

油炸糕这种甜品非得用糯米面才行，豆沙馅儿要自己调。虽然是一款不起眼的小甜品，但境界要比糕点店的巧克力慕斯高得多。西式甜点有股子不加节制的放肆，中式点心则含蓄委婉得多。做这道点心要耗费相当多的时间。首先得把红豆、大红枣清洗干净，红豆要用水泡一整夜。隔天，红豆、大枣放一起，加水，煮两到三个小时。待到水分全被吸干时，起锅，然后全手工压烂，过程中往里加糖，加多少视个人口味而定。馅儿做好之后，要准备糕皮，其间又有一道蒸的工序。待到糕面出炉，要趁热把做好的豆馅儿塞进去，揉成团儿，压扁，然后投到油锅里用文火炸。母亲的手艺好到从不炸焦皮，炸得外脆里嫩，吃到中心丝丝香甜。如果嫌油大，可以放到蒸锅上蒸一蒸，油就会从皮上的气孔里流出来，皮也恢复了柔软本色。

有锅子，有饺子，有油糕，有山楂，东西虽少，但五味俱全。吃完用茶水清口，然后嗑着瓜子，有一搭没一搭地说话，这时谁都不想操心明年的事，亦不想说后悔的事。旧岁已除，新年未到，这段时光仿佛是偷来的，我们任性挥霍，心无挂碍。一年也只有这一餐，没心没肺的快活已成仪式一般。

（摘自《读者》2016年第8期）

布 鞋

童庆炳

我从小穿的就是母亲做的布鞋。每年一双就足够了。因为南方天气热，我们那里的习惯，早晨一起床，穿的是木屐。早饭后一出门，或干活儿，或赶路，或上学，都是赤脚的。只有在冬天或生病的时候才穿布鞋，而且是光着脚穿的。只有地主老爷或乡绅什么的才穿着长长的白袜子加布鞋。

1955年我来北京上大学，母亲给我做了两双布鞋，我以为这足够我穿一年的了。哪里想到来北京后，在去学校的路上看到：农民穿着袜子和布鞋在地里耕地。我们几个从福建来的学生大为惊奇，觉得这在我们家乡是不可思议的事情。我们那里都是水田，一脚下去就没膝深，你穿着鞋袜如何下田？当然大学同学们平时进出都一律穿布鞋或胶鞋，个别有钱的穿皮鞋。我却觉得不习惯，不如赤脚自在。

起初半个月，只好"入乡随俗"，勉强穿布鞋去上课。过了些日子，我们三个福建来的同学基于共同的感受,就议论着要"革命",要把北京人的这个"坏习惯"改一改。我们约好同一天在校园里当"赤脚大仙"。哦,赤脚走在水泥地上,吧嗒,吧嗒,凉凉的,硬硬的,平平的,自由自在,那种舒坦的感觉,简直美极了。虽然我们三人的举动引来学校师生异样的眼光和窃窃私语,但在我们看来这只是城里人的"偏见"罢了,他们看看也就习惯了,况且"学生守则"里并没有一条规定:学校里不许赤脚。就这样我们大概"自由"了半个月。有一次,校党委书记给全校师生做报告,在谈到学校当前的不良风气时,突然不点名地批评了最近校园里有少数学生打赤脚的问题。党委书记严厉地说:"竟然有学生赤着脚在校园里大摇大摆,像什么样子,太不文明了吧。"我们第一次听到赤脚"不文明"的理论。我们赤脚的自由生活方式不堪一击,"自由"一下子就被"剥夺"了。

于是母亲做的布鞋成为我生活的必需。似乎母亲是有预见的,要不她为什么要往我的行李里塞两双布鞋呢?可布鞋毕竟是布做的,并不结实。当北京的杨树掉叶子的时候,第一双布鞋见底了。等到冬天的第一场雪降落大地,让我这个南方人对着漫天飞舞的雪花欢呼雀跃的时候,我发现第二双布鞋也穿底了。我那时每月只有3元人民币的助学金,只够买笔记本、墨水和牙膏什么的,根本没有钱买对当时的我来说很昂贵的鞋。我天天想着母亲临别时说的话:她会给我寄布鞋来。又害怕地想:她不会忘记吧?如果她记得的话什么时候可以做好呢?什么时候可以寄来呢?从家乡寄出,路上要经过多少日子才能到北京呢?路上不会给我弄丢吧?在等待布鞋的日子里,我能做的事是,将破报纸叠起来,垫到布鞋的前后底两个不断扩大的洞上维持着。可纸比起布的结实来又差了许多,所以每天我都要避开同学的眼光,偷偷地往布鞋里垫一回报纸。而且每天都在"检讨"自己：某次打篮球是可以赤脚的，某次长跑也是可以赤脚的，为什么自己当时就没有想到布鞋也要节省着穿呢？弄到今天如此狼狈不堪，这不是自作自受吗？北京的冬天刚刚开始，我就嫌它太漫长了……我一生有过许多的等待，大学期间等待母亲的布鞋是最难熬的等待了。在这之前，我从未想过母亲做布鞋复杂的全部"工艺流程"，可在那些日子连做梦也是母亲和祖母在灯下纳鞋底的情景了。

　　在春节前几天，我终于收到了母亲寄来的两双新的布鞋，在每只布鞋里，母亲都放了一张红色的剪纸，那图案是两只眼睛都朝一面的伸长脖子啼叫的公鸡。我知道这肯定是母亲的作品，以"公鸡啼叫"的形象对我寄予某种希望。我从小穿的就是母亲做的布鞋，但从未如此认真地、细心地、诗意地欣赏过她做的鞋。我抚摸着那两双新布鞋，觉得每一个针眼里都灌满了母亲的爱意与希望，心里那种暖融融甜滋滋的感觉至今不忘。是的，世界上有许多你热衷的事情都会转瞬即逝，不过是过眼烟云，唯有母亲的爱是真实而永恒的。

（摘自《读者》2016年第9期）

像我那样傻的孩子

和菜头

一

网上流传一份儿童日程表，制作者是一位毕业于北大的母亲。每周7天，天天晚上11点睡，早上5点起，所有日程安排得满满当当。

我试着想找一下玩耍的时间，在那张表里并没有任何体现。据那位母亲说，现在让孩子辛苦一点，为的是将来孩子能过得轻松一些。

有位母亲反问我说："什么是玩？难道学习就不是玩？"吓得我立即回想了一下自己认为是玩的项目，结果里面并不包括学英文、学拉丁舞、学演奏乐器。

我反问她："如果这是玩的话，为什么你自己不去？"

她很骄傲地回答我说，她参加了她儿子的亲子学习班，一起学习了英文、绘画，觉得非常快乐。于是，我不得不撕破脸皮，问了一个问题："你也一天花16个小时学习这些东西？"她终于对我绝望，回了一句："好吧，你赢了。"

二

对一个孩子来说，什么才是玩？

美国脱口秀大师乔治·卡林给过一个非常精准的定义：给那个该死的孩子一根该死的棍子，让他站在该死的泥地里。

我觉得这就是我的童年，简直是一模一样。时至今日，我并没有显示出智商衰退的任何迹象。在我看来，这跟我童年整天拿着根棍子站在泥地里有很大的关系。

我的英文还算不错，和朋友出国旅行，一般都靠我问路、点菜。

而我没有在小学时上过英文班，事实上，我对英文的兴趣是从高中才开始的，也是从那个时候起，我才开始正式学习英文。

说到我的口语，全靠英语角和盗版DVD。如今我也可以坦然承认，我去英语角并非为了提升口语能力，主要是为了泡妞。妞没有泡到，但是口语练成了。

我的美术素养也还成，但我没有上过一天美术课。

我的阅读量不错，还能写书评，很多人看了还很喜欢呢。可我依然没有上过任何文学欣赏课。

在我的整个童年和少年时代，我读一切可以读的文字。从四大名著到地摊文学，我不加任何区别地阅读。

我到今天都还记得"小黄书"里面的一句描写："在冬夜里，那撕裂棉质内裤的声音在风中瑟瑟发抖。"我觉得很生动，并运用到了很多文章里，只是绝大多数人看不出来而已。任何文艺理论书，都不会教你这种生动的写法，不会教你如何让人在阅读里感觉到欢欣和震撼。

我没有上过钢琴课、小提琴课，而我在很多女孩子的客厅里喝着茶，听她们演奏这些复杂的乐器。但我听得出，很少人能处理对节奏和停顿，更少人能演奏出她们对乐器的喜爱。

刚刚去世的葛存壮老爷子曾经教导儿子葛优说："如果真心喜欢音乐，吹口哨都可以。"

我有生以来玩乐器最快乐的时光是在春天的河边，嫩而薄的柳叶几乎取之不尽、用之不竭，放在唇边足够吹出宫商角徵羽。

三

我不认为我在以上各项做得有多强，但我也要老实说，自己比许多从幼儿园开始上兴趣班的人强很多。

更重要的是，我比他们有趣得多。我的人生未必比他们成功，但我的人生算得上自在而有趣。

在我的整个童年和少年时代，我的家教非常简单：

1. 每天21：00之前回家。

2. 保证学习成绩，其他的事自己安排。

3. 不准撒谎。

4. 说过的话要做到，答应的事要做到。

5. 买书不限预算。

6. 别跟烂人混，和比自己强的人交朋友。

7. 自己惹的麻烦，自己想办法解决。解决不了，再找家长。

也许还有别的几条，但是大概就是以上几点。许多今天看起来了不得的儿童教育，在我家都非常简单。

我小学二年级的时候，可以读的书很少，每天只能翻阅《人民日报》和《参考消息》过瘾。有天在报纸上看到抗日战争专题，说日本人在中国传播梅毒。

我拿着报纸去问我父亲："什么是'梅毒'？"父亲看了我一眼，告诉我说："梅毒是一种性病，通过性交传染。"我脑袋里嗡了一下，还没来得及想"你怎么可以这么跟我这样纯真的儿童说话"，他又扔过一本《赤脚医生手册》来，让我自己去翻有关性病的章节。

相反的是，当我问起彩虹的原理时，我父亲专门去打了一脸盆自来水，将一面镜子斜插入水面，让阳光经过镜子和水形成的三棱镜，在墙上打出一道人造彩虹来，然后跟我讲光的构成和折射的原理。

对于世界是什么、世间万物如何运转，我们家非常乐意在上面花时间帮我理解，并且努力将其做成一件有趣的事情。

我上大学之后，发现"流体力学"让无数同学头痛不已，但我只需要回忆一下当年和父亲一起制作各种纸飞机并试飞的 N 个下午，哪怕我并不知道如何推导，我也知道正确答案的方向。

直到今天，我都不觉得我是个聪明人。从童年开始，我就是个傻孩子。但是，我有足够时间一个人拿着根棍子，站在泥地里，想着去做点什么有趣的事情，学会了和自己相处。

同时，我的父母没有推卸自己的责任，把我扔给兴趣班老师就撒手不管，他们激发了我对阅读和外部世界的兴趣，尽管方法可能简单粗暴，但我就像一颗种子,在合适的土壤里,会自行生长。

最重要的是,他们没有对我实施精细化管理。我们家的家规大而化之,简单讲,出发点只是为了避免我成为一个小流氓,避免我对自己不负责任。

在这种相对消极的管理方式下,我获得了一种相对积极的人生。而且,我心中始终保有对世界的好奇心,这让我可以一直在这个世界上快乐地游荡。

四

我并不是说北大毕业的那位母亲的教育方式不好,李嘉诚也需要一个这样经过精英化教育成长起来的孩子当秘书、做高管、翻译文件,闲暇时来一段肖邦的钢琴曲养神助兴下红酒。

可对于我这样的傻孩子而言,拿着一根棍子,站在泥地里,可能更加称心如意。我没有比较的意思,只是说这里存在着另外一种可能。在这种可能里,一个傻孩子每天能睡足9小时。

(摘自《读者》2016年第14期)

功利的母爱

林特特

一

方乐乐比我小两岁，从小，就是大人口中"别人家的孩子"。

我与方乐乐上一次见面，还是我大三、他大一时。

席间，他的妈妈、我喊苏阿姨的，在圆桌上痛心疾首地说："都怪我，没照顾好他，如果不是高考前生病，输着液上的考场，他一定能上清华。"

众人举杯，既祝贺，又安慰，安慰她，即便身体不适，发挥失常，方乐乐也考取了本省最好的医科大学。

那年，我20岁，颇不耐烦长辈的聚会。

过了一会儿，我提出有事先走，方乐乐站起来，跟着我走出来。"小颖姐姐",他像小时候那样称呼我,"我还想和你谈谈呢!"

"谈什么?"我好奇。

"谈大学里如何发展。"他的眼睛亮晶晶的。

我谦虚着,表示我的大学远不如他的——事实上,我离席的一部分原因,也是为了避免待会儿苏阿姨话里话外拿我和他比较。

"我是反面教材……考试都靠突击。"我说着,已走到饭店门口。方乐乐冲我挥手:"小颖姐姐再见!"

我也挥着,看风吹起他额前的碎发,饭店正门的飞檐一片琉璃光,映着他满是稚气又意气风发的脸。

苏阿姨很快办了内退,使出万般解数,找了份目标精准的新工作——方乐乐就读大学、所住宿舍楼的楼管。

如此,大一到大五,周一到周五,苏阿姨名正言顺地看着方乐乐。

二

我爸在超市遇到方乐乐,是又过了好几年后。方乐乐在卖黄豆的摊位站着,负责向顾客们指示哪里有保鲜袋,哪里可以称重。如果不是他主动喊我爸,我爸根本不会注意到他。我爸回家跟我们说起来,还保持着惊诧:"我当时有点迟疑,没敢认,心想,难道在勤工俭学?"

显然不是,方乐乐一边给我爸装黄豆,一边说,刚找到这份工作,离家近,"终于又上班了。"他呵呵笑。

"留着胡子,又胖,五官像被拉横了,"我爸这么描述方乐乐,"但一笑还像小时候。"

"什么叫'又上班了'?"我抓住一个细节,"他读的不是医大吗?

不是应该在医院工作吗?"我妈说,苏阿姨已缺席他们的聚会很久,最后一次参加,是方乐乐临毕业时。

一个医科大学毕业生为什么去超市卖黄豆?直至我在北京遇到方乐乐的同窗,才弄清楚。

"方乐乐啊,聪明、学习好,"同窗说,"只是和大家来往不多,他平日早出晚归,比高中时还用功,周末就回家了……毕业后,方乐乐进了省里最好的医院,但你知道,我们学药学的,最初的工作就是发药、发药、发药。"

大概是不满意工作的枯燥乏味,大概是学霸堕入凡间,心理上有些不适,在历经两次考研失败,内部调换工作无门,和领导、同事关系越来越僵等诸多问题后,方乐乐的精神和身体都陷入病态。

这一切在某一年的春节爆发。苏阿姨揪着方乐乐去给领导拜年,路上母子俩发生冲突,方乐乐负气而去。三天后,苏阿姨联系了他所有的同学、同事和朋友,包括我面前的这位同窗。

他们分别在公园、街道、火车站找,一无所获。有人建议,去报社、电台登寻人启事,被苏阿姨拒绝,理由是:"以后乐乐会被人笑话。"

最终,还是警方通知他们去领人。一见方乐乐,苏阿姨就冲上去,又拍、又打、又推,"你怎么不死了算了?"然后苏阿姨昏了过去,现场一片混乱。而这时的方乐乐,目光呆滞,头发结成绺,头上顶着剪开的半个皮球,胡子拉碴,衣服破烂。

"所以,我爸在超市碰到他,应该是他大病终愈,重回社会时?"我猜测。

"只要他能像正常人一样健康生活、工作就好,也算劫后余生。"同窗叹息。

我们沉默良久。

"他从小就被教育要做'最优秀的',所以,经不起挫折。"

"他妈打他、骂他,也是经不起他不再优秀这个挫折。"

我们再次唏嘘。

三

上星期,我见到方乐乐,如果没有记错,今年,他32岁了。

一场婚宴,我代表父母去,苏阿姨和方叔叔也在,有人问起方乐乐的近况,苏阿姨笑着说:"挺好的。"方叔叔几十年如一日地在强势老婆面前保持沉默。

宴罢,同路,我捎他俩回家。到目的地,他们下车,冲我挥手之际,路边有个笨重的黑影趋近,近到眼前。"你怎么出来了?"苏阿姨道。

是方乐乐。

我也下车了。

说实话,虽有心理准备,但他胖得仍让我惊讶,少年时的丝瓜脸此刻已变成冬瓜,从前眉清目秀,现在眉目都被爬山虎似的络腮胡包围。

他翻方叔叔的包,找到喜糖,急急剥开一个,塞进嘴里。苏阿姨催他回家,方叔叔拦着:"孩子肯定一直坐在路边等我们。他也好久没见过人了,让他和他小颖姐姐聊聊?"

显然,方乐乐还记得"小颖姐姐"这个称呼,咧嘴冲我笑,我礼貌地问:"今天怎么没去参加婚礼啊?"

他还是被苏阿姨揪走了,他嚼着糖,回过头含糊不清地喊:"小颖姐姐,等我婚礼,你要来啊!"

苏阿姨上嘴唇包在下嘴唇里,撇着、鄙夷着,指尖点向方乐乐:"瞅瞅你那孬样子,谁会嫁给你?"

剩下方叔叔和我站着。

"那时候,孩子工作不开心,她天天说,你看谁谁谁三年当上老板,谁谁谁五年当上处长……

"孩子连着考研失败,她唉声叹气,说,妈妈真的丢不起这个脸了。

"孩子后来病了,好些了,出去找了份工作,她嫌工作不好,说,你以前是妈妈的骄傲,现在是妈妈的耻辱。

"孩子又病了,又在家,又好几年了,她基本不让他出门,他也不出门,就抱着狗,看外面,一看一整天。"

方叔叔摇摇头,用手抹了把脸,说:"我说什么都没用,没办法,摊上这个命。"他挥挥手和我作别。

我忽然想起,很多年前,方乐乐刚上大学,也这么挥手和我告别过。那时,他满怀希望地问我,未来如何发展。

他和刚才那个胖的、呆的、受罪的身影分明是同一个人,正如炫耀他、攻击他、藏匿他的母亲也是同一个人一样,这戏剧反差和冲突,这功利的、凉薄的母爱,这窒息的、被摧残的孩子,让我禁不住流泪。

我竟有些内疚,想回到琉璃檐下,和那个喊我"姐姐",额头、眼睛亮晶晶的少年谈谈。

(摘自《读者》2016年第16期)

初中毕业后

贾平凹

没有典礼，没有仪式，班主任将一张白里套红的硬纸递给我，说："你毕业了。"

我看着硬纸，上面写着：贾平娃，男，14岁，在我校学业期满，准予毕业。1967年8月。

眼下是1968年，领的却是1967年的毕业证，我毕的是什么业？即使推迟了一年，可我的数学仅仅只学到方程。

我当下就委屈地哭了。4年前，我到这里参加考试的时候，一走出考场，在大门外蹲着的父亲和小学老师一下子就把我抱起来，父亲是一早从40里外的邻县学校赶来的，他的严厉使我从小就害怕他。他问起我的考试情况，得知一道算术题因紧张计算错了时，就重重地打了我一个耳光；又问起作文，我嚅嚅讷讷复述了一遍，他的手又伸过来，但他没有打耳光，却将我的鼻涕那么一擦，夸了句："好小子！"当我的成绩以第三名出现在分数榜上时，一家人欢喜得放了鞭炮，我也因此得到了父亲特地为我买的一支钢笔。初入学的一年半里，我每个星期日的下午，背着米面，提着酸菜罐子到学校去，在那条沙石公路上，罐子被打碎过6次。我保留着6条罐子系带，梦想着上完初中，上高中，上大学，做一个对社会有贡献的人……

班主任一直把我送到了校外的公路上。我是他的得意门生，在校的时候，规定每周做一次作文，而我总是做两次让他批改。他抚摸着我的头，从怀里掏出一本三年级的语文课本，说："你带着这本书吧。你还有一本作文，就留在我这儿作个纪念吧。回去了可不敢自己误了自己，多多地读些书最好。"

我走掉了，走了好远回过头，老师还站在那里，瞧见我看他，手又一次在头顶上摇起来。

从此，我成了一个小农民。

我开始使用一本劳动手册。

清早，上工铃一响，就得赶紧起来。脸是不洗的，头发早剃光，再用不着梳理，偷偷从柜里抓出一把红薯干片儿装在口袋里，就往大场上跑——队长在那里分配活儿，或者是套牛，或者去割草。天黑了，呼呼噜噜喝三碗糊糊饭，拿着手册去落工，工分栏里满写着"3分"。那时候，队里穷极了，一个工分工钱是2分5厘，这就是说，我一天的劳动报酬是7分5厘钱。

父亲夜里从学习班回来睡觉。一到村口，他就要摘下带着黑帮字样的白袖标。天明走时，一出村就又戴上。他教了一辈子书，未经过什么大事，又怕又气，人瘦得失了形。每次出门，他都要亲亲我们，对娘说："要真的不能回来,你不要领平儿他们来,让人捎一床被子就是了。"

说罢,一家人都哭了。娘总要给他换上新洗的衣服;父亲剪下领口的扣子,防止被绳索捆绑时,那扣子会勒住脖子。父亲一走,娘就抱着我们哭。但去上工的时候,娘一定要我们在盆子里洗脸,不许一个人红肿着眼睛出去。

秋天,被开除公职的父亲回来了。他到家的那天,我正在山坡红薯地里拔草,闻讯赶回来,院子里站满了人,一片哭声。我门槛跨不过去,浑身就软得倒在地上。娘拉我到了小房里,父亲睡在炕上,一见我就死死抱住,放声大哭:"儿呀,我害了你啊!我害了我娃啊!"

我从未见父亲这么哭过,害怕极了,想给他说些什么,又不知道该怎样说,只是让父亲的眼泪一滴一滴落在我的脸上。

家里家外一切重担全都落在了娘的身上。多年的饥寒交迫、担惊受怕,使她的身子到了极端虚弱的地步,没过多久,胃病就发作了。每次犯病,娘就疼得在炕上翻来覆去。我和弟弟祈求过神明,跪在村后河湾处一座被拆除了的小庙旧址上,叩着一个响头又一个响头。

家里什么都变卖了。那支上中学时买的钢笔,却依然插在我的口袋里。村里人都嘲笑我,但我偏笔不离身:它标志着我是一个读过书识过字的人,是一个教师的儿子!每天夜里,我和父亲就坐在小油灯下,他说,我记,我们写着一份一份"翻案"状子。娘看着我,说:"平儿的书没白念呢!"

父亲就对我说:"吃瞎穿瞎不算可怜,肚里没文化,那就要算真可怜。你要调空读读书,不管日月多么艰难,咱这门里可不能出白丁啊!"

我记着父亲的话,开始读起我过去学过的课本,读起父亲放在楼上的几大堆书来。每天中午收工回来,娘还未将饭做熟,我就钻到楼上,在那里铺一张席，躺着来看书。楼上很热，我脱得赤条条的，开工铃响了，爬起来，那席上就出现一道湿湿的人字形的汗痕。

受饥荒的时期，我们开始分散人口：娘带着小妹到姨家去，弟弟到舅家去，我和父亲守在家里看门。

夜里不吃晚饭，父亲说："睡吧，睡着就不饥了。"睡一会儿却都坐起来，就在那小油灯下，他拿一本书，我拿一本书，一直看到半夜。

我终于没有在那个困难时期沉沦下去，反倒更加懂事，过早地成熟了。如今还能搞点文学，我真还感激那些岁月的磨炼。有人讲作家的"早年准备"和"先决条件"，对我来说，那就是受人白眼所赐予的天赋吧。

（摘自《读者》2016年第17期）

落在父亲生命中的雪

熊荟蓉

"落在一个人一生中的雪，我们不能全部看见。每个人都在自己的生命中，孤独地过冬……"

这是新疆作家刘亮程在《寒风吹彻》里的一段话。父亲节来临之际，它催生了我潜藏的泪水，将我带进那久远的艰难岁月，也让我分外清晰地看到了那些落在父亲生命中的雪。

查出患心脏病和高血压时，父亲才30岁出头，那时我刚上初中。那时候的秋天好像特别冷，9月一开学就需穿上夹衣了。我每周都要穿过四五里长的田间小路回家，带着一罐头瓶腌菜和五毛零花钱返校。

开学不久后的一个周末，我回到家，意外听到母亲边哭泣边说："你这病要长期吃药，又不能负重，卖棉花的白条不晓得哪天能兑现，我看就让蓉儿去学裁缝吧。湾子里就她一个姑娘在读书了……"

父亲的声音干脆利落:"蓉儿聪明,是读书的料。这话以后不要再提。我这病一时半会儿也不会要命,咱们悠着点,日子能过得去的……"

我装作什么也没有听见,径去厢房找饭吃。只是后来在返校时,拒绝接受父亲递过来的五毛钱。父亲没有勉强,他默默推出自行车,送我上学。

乡间土路,逼仄坑洼,一边是水沟,一边是田地。自行车买回家才半年,父亲车技不佳。我在车后座上摇晃,提心吊胆。

过谭湖段时,猛一阵颠簸,父亲和我连人带车翻到田里。我只是被稻草扎了一下,并无大碍。父亲却歪在车下,挣不起身子来。

在我的帮助下,父亲才重新站起来。他拍拍身上的泥土,有些尴尬地笑了笑,随即提出要我坐在车上,他继续推车行进。

我说学校快到了,你先回去吧。他没有坚持,叮嘱我好好念书,就调转车头。

绚烂的夕阳余晖中,他摇晃在自行车上的黑瘦的背影,显得那么单薄而苍凉。我不忍看第二眼,铆足劲儿朝学校奔跑。

回到学校,在书包的夹层里,我发现了被刻意藏着的五毛钱。每周的这五毛钱,是用来补充维生素的。

那时候,我们自己淘米,用铝盒煮饭吃。下饭的菜,就是从家里带来的酱萝卜、洋姜、霉干菜之类。条件好点儿的学生,可能会带些榨菜炒肉、干鱼什么的。父亲说光吃腌菜不行,要我打点青菜,补充维生素。

五分钱一个的青菜,我本来就舍不得买,这时更不会了。我的零用钱都花在了买纸笔和蜡烛上。晚自习下课后,教室就停电了。还想学习,就只能点蜡烛。一支蜡烛八分钱,能点两个晚上。

直到现在,我都记得蜡烛那淡淡的熏香味,记得镜子里那黑黢黢的鼻孔,记得考了好名次后老师那高分贝的表扬声,记得同学们羡慕和嫉妒的眼神。

说到底，那时我更沉浸于小我的感受，并深以自己的刻苦努力为荣。当我朝着自己的目标坚定奋斗的时候，我看不到落在父亲身上的雪，那沉甸甸的雪。

又一个周末回家，见到一脸苦相的大舅正在堂屋里跟父亲说着什么，之后，父亲趑回房里拿出一张条子交给他："这是150块，你先对付一下。以后，不要再赌了……"

大舅走后，母亲嘟哝开来："我们的日子都愁得没有法子，你倒是会做好人，给他钱，丢到无底洞里……"

父亲沉下脸来说："你忍心看着你兄弟被别人下胳膊下腿吗？他求到我们这里了，总不能让他空着手回去。"

然而，父亲的不忍，终是将自己拖进了更深的冬天。那时候，除了田地的收入，我家再没有其他来钱的途径。家里意外支出的这150元钱，只能通过精打细算、节衣缩食来弥补了。

那一个秋冬，我们连红薯和甘蔗都没有吃足，更不用谈鸡蛋和面饼了。所有能换钱的东西，都被父亲打进了算盘。

红薯和甘蔗都被择优下了窖，留待正月里卖钱。芋环、慈姑各留了两碗，用来招待拜年的客人。花生就炒了一筛子，过年塞了一下牙缝。元宵节，我们甚至连蒸肉都没吃一片。就是这样，我还是听到父亲对母亲说："我们只有90块钱了。"

记忆中，每年的元宵节晚上，父亲都要跟母亲交家底。在20世纪80年代初期，我们姐弟每学期的学费就得二三十元，还有种子、农药、化肥，以及三亲六眷的红白礼金，都是逃不脱的开支。我不晓得父亲是怎么用这90元让全家渡过难关的。

有一点可以肯定，父亲没有向别人借钱。

父亲外表瘦弱，骨子里却硬气得很。他一生都没有向任何人借过一分钱。家里造了两栋房子，都是把材料和钱攒齐了才开工。对家庭事务，他长计划短安排，从不打无准备之仗。后来，即使因病下了辞世的决心，他也是把自己的丧葬费用凑够了才离开。

父亲总是说："节省要从坛子口开始。"意思是等一坛子米快吃完了，再节省就没有用了。所以，我们吃过麦米粥、杂粮焖饭、高粱粑子，但我们家的大米缸从未空过。我们穿过补丁缀补丁的衣裤，但我们在冬天从未挨过冻。

我们生命的每一抹暖阳、每一缕清光，其实都是父亲用孤独的雪擦亮的。现在，当我为了给儿子买房，而甘愿长年累月地躬耕匍匐（在格子里），每天忍受十几个小时的煎熬时，我总是想起父亲，想起他为我们所默默承受的苦，那些不曾诉说的累，那些悄悄化掉的冰……

父亲，一直都在自己的生命里，孤独地过冬。落在他一生中的雪，今天，终于被我看见。

（摘自《读者》2016年第17期）

两个人的电影

迟子建

母亲在那个春天血压居高不下,我怀疑是故乡的寒冷气候使然,便劝她来哈尔滨住上一段时间,换换水土,她来了。说来也怪,她到的第二天,血压就降了下来,恢复正常。我眼见着她的气色一天天好起来,指甲透出玫瑰色的光泽。她在春光中恢复了健康,心境自然好了起来。她爱打扮了,喜欢吃了,爱玩了,甚至偶尔还会哼哼歌。每天她跟我出去散步,她看每一株花的眼神都是怜惜的。按理说,哈尔滨的水质和空气都不如故乡的,可她却如获新生,看来温暖是良药哇。

白天,我看书的时候,母亲也会看书。她从我的书架上选了一摞书,有《红楼梦》《慈禧与我》等,摆在她的床头柜上。受父亲影响,她不止一次读过《红楼梦》,熟知哪个丫鬟是哪一府的,哪个小厮的主子又是谁。大约一周后,她把《红楼梦》放回去,对我说,后两卷她看得不细。母亲说《红楼梦》好看的还是前两卷，写的都是吃呀，喝呀，玩呀，耐看。而且，宝玉和黛玉那时还天真，哥哥妹妹斗嘴怄气是讨人喜欢的。到了后来，宝玉和宝钗一结婚，小说就不好看了。母亲对高鹗的续文尤其不能容忍，说写的人不懂趣味，硬写，把人都搞得那么惨，读来冷飕飕的。她对《红楼梦》的理解令我吃惊，起码，她强调了小说趣味的重要性。

母亲对历史的理解也是直观朴素的。那段时间，我正在看关于康有为的一些书，有天晚饭时同她聊起康有为，她说，这个人不好哇，他撺掇光绪闹变法，怎么样？变法失败了，他跑了。要不是他，光绪帝能死吗？为了证明她的判断是正确的，她拿来《慈禧与我》，说那里面有件事涉及康有为，证明了他的不仁义。母亲翻来翻去，找不见那页了，她撇下书，对我说："不管怎么着，连累了别人的人，不是好人哪。"康有为就这样被她定了性。

有一天黄昏，我和母亲散步时路过文化宫，看见王全安导演的《图雅的婚事》在上映，立刻买了两张票。我知道这部电影在柏林国际电影节上拿了奖。按照票上的时间，它应该开演五分钟了，我正为不能看到开头而懊恼呢，谁知到了小放映厅门口却吃了闭门羹。原来，这场电影只卖出这两张票，放映厅还没开呢。我找来放映员，他说坐飞机的要是只有一个乘客，飞机都得起飞，电影票呢，哪怕只卖出一张，他也会给放的。放映员打开门，为我和母亲放了"专场"电影。当银幕上出现蒙古包、羊群和纯朴的牧民时，母亲慨叹了一句："这是真景啊。"母亲看过两部流行大片，对里面电脑制作的假景很反感，所以这真实的场景让她觉得亲切。故事很简单，一个女人征婚，要带着"无用"的丈夫嫁人。而这个丈夫之所以"废"了，是因为去打井。这背后透出的是草原缺水的严峻现实。虽然它与多年前轰动一时的《老井》有相似之处，但影片拍得朴素、自然、苍凉而又温暖，我和母亲被吸引，完整地把它看完了。出了影厅，只见大剧场刘老根大舞台的演出正在高潮，演员和观众热闹地做着互动，掌声如潮。

我和母亲有些怅然地在夜色中归家，慨叹着好电影没人看。快到家的时候，母亲忽然叹息了一声，对我说："我明白了，你写的那些书，就跟咱俩看的电影似的，没多少人看哪。那些花里胡哨的书，就跟那个刘老根大舞台一样，看的人多呀。"

母亲的话，让我感动，又让我难过。我没有想到，这场两个人的电影，会给她那么大的触动。那一瞬间，我觉得自己是幸运的，因为有母亲在，我生命中的电影，就永远不会是一个人的呀。

（摘自《读者》2017年第19期）

爸妈没钱

艾小羊

一

这几年，特别流行念叨原生家庭的影响，几乎每个人都在思考自己成年后内心的黑洞与父母之间的关联。

前段时间我联系上了一个发小。我对她的近况并不了解。从谈话中感觉她很焦虑，尤其是对钱。她经常跟我说，她有房贷；孩子还小；水果又涨价了；两年没去商场买衣服，最多去给孩子买双鞋，300多块钱呢。

起初我以为她收入很低，后来无意中了解到她的家庭收入，绝对已经达到大城市中产阶级水平。

她说："我也总在反思自己，为什么这么爱钱。主要是因为小时候穷怕了,现在赚钱再多,也不敢乱花。"

她小时候经常听到父母为钱吵架,所以现在结婚以后,从不让爱人知道自己有多少钱,两人经济AA制。尽管有时候不免显得冷漠,但她觉得真实的冷漠比虚伪的温情强。

"你觉得钱是这个世界最重要的东西?"我问。

"当然。"她回答得很快,然后疑惑地问:"我记得那时候你家也很穷啊?"

其实这个问题,我也想过。

二

那时候,我们都住在甘肃金昌,父母是大型工矿企业的职工,虽比农村家庭经济情况好一点,但也是家家户户都穷。几乎每家都有两个以上的孩子,我家因为父母都是丧偶再婚的重组家庭,孩子更多。

在发小的不断启发下,我的记忆一点点复苏。我发现,我父母跟她父母最大的不同是,她父母一言不合就哭穷,家里大小事情,只要有不如意、不顺心,就归结为没钱。而印象中,我父母从没在我们面前说过"穷"字。

我妈手巧,带动我大姐,用巧手装点了家里的每一处。手工刺绣的门帘、枕套、电视机罩,勾花的茶杯垫、头巾、外套。还有我们穿的毛衣,是母亲用从旧毛衣上拆下来的线织成的,拼出很好看的图案。前两年看到米兰时装周秀场一件繁复的复古款毛衣,我心里说,这不就是我小时候穿过的那种吗。

物质匮乏并没有妨碍我们一天天长成虚荣的小孩。至今记得童年最闪亮的日子,是有一年儿童节,我跟姐姐穿着小皮凉鞋走在路上。小孩脚长得快，没人舍得给孩子买皮凉鞋。我妈不知道使了什么招数，竟然用爸爸要扔的一双黑皮鞋，加上我们穿破的布鞋的底，制作了两双一片式的牛皮凉鞋。两个小孩一路上迎着叔叔阿姨的赞美与同龄小朋友的羡慕，那是一种富足的感觉。

虚荣是个好东西，当虚荣被满足时，人的自信，以及向善向美的意念，都有了扎根的土壤。

虚荣同时又是一头猛兽，它的胃口是被饿大的。年少时克制欲望的人，成年后内心深处往往有着膨胀的巨大虚荣心。

三

二姐是我们学校最时髦的女生，我以穿她的二手衣为荣。她初中开始发育以后，我妈给她做衣服，会刻意把腰收得细细的，选粉色或紫色的布料，夏天的衣服还会在领口做一个蝴蝶结。

二姐还经常把同学的漂亮衣服借回家，我妈当晚就比画着那件衣服，用报纸剪样，大身、领口、袖子，一点点比，一点点剪。第二天早晨，姐姐还衣服。我妈下班顺路就去市场上找合适的布料，经常买回布头，有破损或污渍，很便宜。但成衣以后，破损和污渍都看不到了。最多3天，姐姐就穿着新衣服去上学了，我也美滋滋地穿上她淘汰下来的某件衣服，袖口有蕾丝花边，领口有蝴蝶结。

我总觉得，一辈子没穿过裙子的母亲、喜欢黑白灰的母亲，心里其实住着一个小公主。她以最大的热情，投入满足我与姐姐青春期旺盛的审美需求与虚荣心上。她给我们的审美教育是，美是不需要花费太多钱的，但一定要花费很多的精力与巧思。

成年后，如果不是工作需要，我很少购买奢侈品，也并不觉得背一只名牌包，自己就变得更美、更自信。我心里没有那个"因为有钱，所以美丽"的黑洞。

我父亲的拿手好戏是用最便宜的食材作出最美味的食物。印象最深的是一道名为"酥白肉"的菜，好吃到无法形容。父亲得意扬扬，一直不告诉我们是用什么做的。成年后我才知道，它的原材料是猪油膘，对，就是市场上卖得最便宜的"板儿油"。

有一次，工厂福利社进了一批海鱼。因为运输路途长，鱼不新鲜了，卖得非常便宜。大多数人不敢买，也不知道怎么吃。我爸大手一挥，买了500斤，把家里所有的大盆小罐都拿去腌鱼了。鱼晒干以后，收进储藏室。此后的一年，我家每个星期可以吃一次鱼，这在当时是非常奢侈的。

一个同学来我家做客，对腌鱼赞不绝口，从此认定我家很有钱。上大学以后，有次说起我们小时候都很穷，她说，你家不是啊，经常有鱼有肉的。

鱼是臭鱼，肉是板儿油，但我爸有一双妙手。

妈妈会做衣服，爱臭美；爸爸会做饭，是个吃货。成年以后，我才知道这对于一个家境贫穷的孩子是多么幸运。

四

王安忆说自己的母亲茹志鹃，是上战场扛枪也要在枪筒里插一束野花的人。这就是贫穷时期的审美：不是建立在有钱与奢侈的基础上，而是建立在有心与情趣的基础上。

因为有钱，见过很多好东西，水到渠成地明白要善待自己，这个境界不难达到。而真正难的是无论贫富，都不穷生活，从不把自己对于生活的无知与粗糙，全部归结为"没钱"——这两个字背的锅，已经太多了。

回到原生家庭的话题。作为一个乐观主义者，我倾向于每个家庭都有补丁，所以每个人其实都带着原生家庭的阴影长大成人。

在原生家庭的各种问题中，父母情感失和与不懂生活，是最大的两块伤疤。同时，不懂生活的人，更容易情感失和。

五

香港传奇人物宝咏琴坐拥10亿资产，钱对她而言完全不是问题。但除了赚钱、购物，她不知道世间还有什么事情既可爱又可做。离婚后，她寄希望于新任男友，爱得轰轰烈烈，同时狗血飞溅。她会做生意，却不会生活，49岁时，在病痛与寂寞中香消玉殒。

宝咏琴的故事，值得所有觉得自己"过得不好，就是因为没钱"的人，一次次借鉴。

教育的本质，是教会一个人生活。无论将来你做什么工作、赚多少钱、结婚或者不结婚，最终的落脚点都是生活，这是任何人没办法为你负责，也没办法替你完成的，甚至连钱都帮不了你。

一个人，年轻时要与他人相爱，中年时与生活相爱，晚年与智慧相爱。这些，不需要很多的钱，但需要有很多的精力、耐力，以及好奇心。需要你对生活上瘾，不偷懒，不逃避，精心准备一饭一蔬。

当你做到这些，就不必担心会给孩子一个促狭的原生家庭，无论你是否能赚到很多的钱。

（摘自《读者》2017年第23期）

时间的猛兽

黄昱宁

我记得,念小学五、六年级那会儿,在无线电厂当科技翻译的母亲并没有给我开过多少英文小灶。除命我反复听《新概念英语》的磁带校正发音外,她还送给我一本《新英汉词典》。

"中学毕业前用这本就够了,"母亲说,"读大学如果上专业课,那得换我这部。"她指的是她常用的上下卷《英汉大词典》,厚厚两大本一摊开,我们家的书桌就被占满了。我看到,两部词典的主编是同一个人:陆谷孙。

显然,这个人是母亲的骄傲。作为复旦大学英语系六四级本科生,母亲大二那年正好赶上毕业留校任教的陆先生开启他长达五十余年的教学生涯。

谁不愿意当陆谷孙的学生呢?母亲说起陆老师当年如何以英语零基础开始(陆先生念的中学里只教俄语),在短短一年之后成绩就甩开别的同学一大截，自己任教后课又是讲得如何生动精彩，还多才多艺，能在舞台上演出《雷雨》——她用的简直是讲传奇故事的口气，于是我也瞪大眼睛，像听评书那样默默地替这些故事添油加醋。以至于多年后，每每遥想半个世纪前风华正茂的陆先生，儿时擅自叠加的岳飞、秦琼、杨六郎的形影，依然隐约可见。

近几日思虑深重，在记忆里上穷碧落，也想不出第一次见到陆先生是在什么场合。只记得时间是2000年前后，在别人攒的饭局里叨陪末座——老实说，我记不清楚了。但我记得我语无伦次地告诉他，家母是他的学生。他问了母亲的名字和年纪，想了没多久就反应过来："你母亲写得一手好字。"陆先生果然记忆力过人，但一想到母亲的书法基因没有一丁点传到我身上，我一时尴尬得接不上话。陆先生当然也看出来了，于是把话题岔开："虽然我比你父母年长不了几岁，不过，按师门规矩，你得排到徒孙辈啦。"说完朗声大笑，那股子胸襟坦荡的侠气，完美地契合了我儿时想象中的一代宗师。

从此，"徒孙"和"师祖"成了我和陆先生闲聊时最常提的"典故"。我曾张罗请陆先生到我任职的出版社给青年编辑做业务培训，本来也是随口一提，没想到曾推掉无数大型活动的陆先生爽快应允，还手书三页纸的提纲，嘱咐我打印好事先发给来听讲座的同人。讲座名为"向外文编辑们进数言"，勉励我们务必以"知书习业、查己识人、深谙语言、比较文化"为己任，穿插其间的是十几个双语案例。昨天找出来，提纲上的黑色水笔字迹清晰如昨。再细看，有些短语旁边还有淡淡的铅笔字："请打作斜体。"

陆先生人生的大半精力，都用在编撰辞书、高校教学和莎学研究上。相比之下，尽管他一直对英译汉很有心得，留下的数量有限的几部译著却只能展示其才华的冰山一角。前几年我与编辑冯涛"密谋"请陆先生出山翻译英国作家格雷厄姆·格林的传记《生活曾经这样》，打动他应约的是格林追忆童年往事时举重若轻的口吻，恰与他近年的情绪合拍。不过，我们还来不及窃喜太久，就不安起来。因为他的学生告诉我，陆先生每有稿约便急于"偿债"，译到兴起还会熬夜，不到两个月已经完成大半，间或还要与时时作祟的心脏讨价还价。我说："您悠着点啊，不是说过一年后交稿吗。"他摆摆手，说："伸头一刀，缩头也一刀，不如早点了却心事。"

问题是，陆先生的心事了完一件还有一件，教书之余要翻译，译文之外有辞书，英汉完了有汉英，第一版之后有第二版，勤勉不辍，无穷匮也。心无旁骛，一息尚存就要"榨取时间的剩余价值"，这大约是陆先生毕生的态度。于健康而言，这有点与虎谋皮的意思，但换个角度——从像陆先生这样的老派文人的角度想，留下实实在在、泽被后世的成就，或许是征服时间这头猛兽的唯一办法。

然而猛兽总在暗处咆哮。站在陆先生的灵堂前，我想把时间往回拨两个月。那时，我的翻译遇到难题，没敢惊动"师祖"，只在朋友圈里发了一条求助信息。没过两分钟，小窗就亮起来，陆先生（他的昵称是"Old Ginger"——"老姜"）照例主动提出他的解决方案，照例加上一句"斗胆建议，不怕犯错，真是仅供参考的"。

时间再往回拨三个月，陆先生听说我在学着写小说，嘱我务必将已发表的文章寄过去让他过目。我想他往日更爱看传记，很少看当代小说——何况是像我这样的"实习作者"。我想他问我讨，不过是鼓励"徒孙"的客套。没想到他不仅认真读了，还强烈建议我扩展小说里的一条人物线索："希望看到你下一篇写一个出生在二线城市里的人物，我想看。"

如果能再往回拨一个月，时间就定格在二月份吧。那天，我跟几个朋友去陆家，他一见到我就开玩笑，说我控制不住体重就像他戒不了烟——然而，减肥的事情以后再说吧，他家冰箱里的冰激凌是不能不吃的。那天，陆先生笑眯眯地看着我们吃完，状态之好，兴致之高，是我近几年从未见过的。那时，春节刚过，小小的客厅里洒满午后三点的阳光，时间的猛兽在打瞌睡，你简直能听见它轻微甜美的鼾声。

（摘自《读者》2018年第1期）

我看见了自己的天才

雾满拦江

一

卢苏伟，男，1960年生于台北。

他的父母都是矿工，没什么文化。8岁那年，卢苏伟病了，父母认为不过是个小感冒，就没当回事。

但卢苏伟的病越来越严重，一个月后病危，才被转到大医院救治——他得的是脑炎，因为送医过晚，脑部已经受到严重伤害。医生建议家人放弃治疗，因为即使救治过来，也可能成为植物人。

父母不懂，问医生："植物人是什么意思？还会不会喘气？"

医生回答："喘气……当然会喘气。"

能喘气就治。

果然像医生说的那样，被救回来的卢苏伟躺在床上一动不动，连眼珠都不会转。

二

过了一段时间，卢苏伟的情况有所好转，可以控制肢体，生活可以自理了。

只是他的脑子受损严重，似乎不太可能恢复了。

父母送他去上学，他也知道认真学，就是学得有点慢。

整整一年，他都在学习写自己的名字。直到小学毕业，他还经常写错自己的名字。

老师发怒了，斥责道："卢苏伟，你是猪吗？"

"猪？"卢苏伟听了大喜，站起来东张西望，"猪在哪里？在哪里？"

老师被他气得破口大骂："你怎么会笨到别人骂你是猪都不懂？你真是个脑震荡的猪！"

三

放学了，姐姐来接卢苏伟回家，老师仍未消气，连卢苏伟的姐姐一块儿训斥，把她当场训哭了。

姐姐哭着回家，告诉父亲："爸爸，今天老师骂弟弟是猪。"

父亲回答："如果你弟弟是猪，那他就是全世界最聪明的猪！别人脑震荡，是越震越糊涂，你弟弟是越震越聪明。"

这就是卢苏伟父亲的教育方法,他每天都对卢苏伟说:"阿伟,你很聪明,你会越来越聪明,你是世界上最聪明的人。"

小学毕业还没学会写名字的卢苏伟,最爱听这句话。

四

卢苏伟考试,照例是得0分。但有一次,他超水平发挥,考了10分。

看到试卷,父亲兴奋地冲出房间大喊道:"快来看,大家快来看,我那世界上最聪明的儿子考了10分。"

全村人聚拢过来看热闹。卢苏伟班上班长的父亲实在看不下去了,对卢苏伟的父亲说:"你们全家人是不是脑子都有毛病?满分100,你儿子考10分,你居然高兴成这样,你们是不是没见过真正的分数?"

"真的没见过。"卢苏伟的母亲说,"我儿子今天考得好,重奖,奖励一只大鸡腿。"

班长的父亲气坏了:"没见过这么宠孩子的,你看我儿子,在班上考第一名,门门都是100分,我炫耀过吗?炫耀过吗?我从来不炫耀……"一边说,班长的父亲一边拿出儿子的试卷,"看我儿子这门,100分。第二门,又是个100分。第三门,还是100分。这第四门功课……咦,这门功课怎么是90分?还有10分呢,哪儿去了?"

村民们哄笑:"还有10分,不是正好跑到阿伟的试卷上去了吗?"

"你……"班长的父亲怒了,一把揪过儿子,"我让你不好好学,让你粗心大意,我今天打死你……"

长大后的卢苏伟回忆说:"我永远记得那一天,考了三门0分、一门10分的我,蹲在地上幸福地啃着鸡腿。考了三门100分、一门90分的班长,被他父亲按倒在地，狠狠地抽了10下屁股。"

五

卢苏伟开始读中学了。

他自己读得开心，可是老师快要疯了。

这孩子怎么教都学不会，可怎么办呀？

他读了4年中学，换了3所学校——他参加了智力测试，智商为70。

这样的智商是真的读不了书，他被送进了启智班。

然后他开始冲刺高考。

花了7年，连考5次，他居然考上了警察大学。

读了大学之后，他仍然一如往常，怎么学也学不明白。大二时，导师马传镇觉得这样下去不行，就拿卢苏伟当学术课题研究。

研究表明，卢苏伟的短时记忆极差，无论你跟他说什么，他都记不住，而且他对数字和平面空间无感。但是，卢苏伟的分析能力很强，在整合与创造方面很有天分。

卢苏伟说："我看见了自己的天才。"

六

终于知道应该怎么读书了，卢苏伟从自己的长处入手，成绩突飞猛进。

大学毕业时，他是全系第三名。

现在，他是世界知名的潜能整合专家，是出版了30多本著作的作家。

七

卢苏伟的智商不过70，低于普通人的平均水平。

这是一条智商孱弱线，许多一事无成、以弱者自居的人，智商都远高于他。

但在这么多的高智商者中，却不乏平庸之辈，甚至有人声称自己是弱者。

卢苏伟说："做人要赏识自己，疼惜自己，爱护自己，发现自己，懂得自己，知道自己。"

（摘自《读者》2018年第4期）

笔墨童年

余秋雨

在山水萧瑟、岁月荒寒的家乡,我度过了非常美丽的童年。

千般美丽中,有一半,竟与笔墨有关。

那个冬天太冷了,河结了冰,湖结了冰,连家里的水缸也结了冰。就在这样的日子,小学要进行期末考试了。

破旧的教室里,每个孩子都在用心磨墨。磨得快的,已经把毛笔在砚台上蘸来蘸去,准备答卷。那年月,铅笔、钢笔都还没有传到这个僻远的山村。

磨墨要用水,教室门口有一个小水桶,孩子们平日上课时天天取用。但今天,那水桶也结了冰,刚刚还是用半块碎砖砸开冰面,才哆哆嗦嗦将水舀到砚台上的。孩子们都在担心,考到一半,砚台结冰了怎么办?

这时，一位乐呵呵的男老师走进教室。他从棉衣襟里取出一瓶白酒，给每个孩子的砚台上都倒几滴，说："这就不会结冰了，放心写吧！"

于是，教室里酒香阵阵，答卷上也酒香阵阵。我们的毛笔字，从一开始就有了李白余韵。

其实岂止是李白。长大后才知道，就在我们小学的西面，比李白早四百年，一群人已经在蘸酒写字了，领头的那个人叫王羲之，写出的答卷叫《兰亭集序》。

后来，学校里有了一个图书馆。由于书很少，老师规定，用一页小楷，借一本书。不久又加码，提高为两页小楷借一本书。就在那时，我初次听到老师把毛笔字说成"书法"，因此立即产生误会，以为"书法"就是"借书的方法"。这个误会，倒是不错。

当时，学校外面识字的人很少。但毕竟是王阳明、黄宗羲的家乡，民间有一个规矩，路上见到一片写过字的纸，哪怕只是小小一角，哪怕已经污损，也万不可踩踏。过路的农夫见了，都会弯下腰去，恭恭敬敬地捡起来，用手掌捧着，向吴山庙走去。庙门边上，有一个石炉，上刻四个字：敬惜字纸。石炉里还有余烬，把字纸放进去，有时有一簇小火，有时没有火，只见字纸慢慢变得焦黄，最终化为灰烬。

家乡近海，有不少渔民。哪一个季节，如果发愿要到远海打鱼，船主一定会步行几里地，找一个读书人，用一篮鸡蛋、一捆鱼干，换得一叠字纸。他们相信，天下最重的，是这些黑森森的毛笔字。只有把一叠字纸压在舱底，才敢破浪远航。

那些在路上捡字纸的农夫，以及把字纸压在舱底的渔民，都不识字。

不识字的人尊重文字，就像我们崇拜从未谋面的神明，是为世间之礼、天地之敬。

这是我的起点。起点对我，多有佑护。笔墨为杖，行至今日。

（摘自《读者》2018年第7期）

蓝袍先生

陈忠实

　　父亲选定我做他的替身去坐馆执教，其实不是临时的举措。在他统领家事以前，爷爷还活着的时候，他就有意培养我做这个"读耕"人家的"读"的继承人了。只是因为家庭内部变化，才过早地把我推到学馆里去。

　　读书练字，自不必说了，父亲对我是双倍的严格。尤其是父亲有了告退的想法之后，对我就愈加严厉了。用柳木削成的木板抽打我的手心，原因不过是我把一个字的某一画写得偏离了柳体，或是背书时仅仅停顿了几秒钟。最重要的是，父亲对我进行心理和行为的训练，目标是一个未来先生的楷模。"为人师表！"这是他每一次训导我时的第一句话。

　　"为人师表——"父亲说，"坐要端正，威严自生。"

　　我就挺起胸，撑直腰杆，两膝并拢。这样做确实不难，难的是坚持。两个大字没有写完，我的腰部就酸了，两膝也就分开了，冷不防，那柳木板子就拍到我的腰上和腿上。

"为人师表——"父亲说,"走路要稳,不急不慢。头扬得高了显得骄横,低垂则显得萎靡不振。要双目平视,左顾右盼显得轻佻……"

我开始注意自己走路的姿势。

"为人师表——"父亲说,"说话要恰如其分,言之成理。说话要顾及上下左右,不能只图嘴头畅快。出得自己口,要入得旁人耳……"

所有这些训导,对我这样一个十七八岁的人来说,虽然一下子全做到很艰难,但毕竟可以经过长久的磨炼,逐步长进。最让我不能接受的,是父亲对我婚姻选择的武断和粗暴。

对于异性的严格禁忌,从我穿上浑裆裤时就开始了。岂止是"男女授受不亲",父亲压根儿不许我和村里任何女孩子一块玩耍,不许我听那些大人们闲时说的男女间的酸故事。

可是,在我刚刚18岁的时候,父亲突然决定给我完婚。他认为必须在我坐馆执教之前做完此事,他才放心。一个没有妻室的人进入神圣的学堂坐馆执教,在他看来潜伏着某种危险。

父亲给我娶回来多丑的一个媳妇呀!

婚后半个月,我不仅没有动过她一个指头,连一句话也懒得跟她说,除了晚上必须进厢房睡觉以外,白天我连进屋的兴趣都没有。我却不敢有任何不满的表示,父母之命啊!

父亲还是看出了我的心思。有一天,他把我单独叫进他住的上屋,神色庄严。

"你近日好像心里不爽。"

"没有,爸。"

"我能看出来。有啥心事,你说。"

"爸，没有。"

"那我就说了——你对内人不满意，嫌其丑相，是不是？"

"不……"

我一直没敢抬头，眼泪已经忍不住了。

"这是我专意给你择下的内人。"父亲说，"男儿立志，必先过得美人关，女色比洪水猛兽凶恶。且不说商纣王因妲己亡国，也不说唐玄宗因杨贵妃乱朝，一个要成学业的人，耽于女色，溺于淫乐，终究难成大器……"

我惊讶地抬起头，看了父亲一眼，那严峻的眉棱下面，却是坦率的诚意，使我竟然觉得自己太不懂事了。

父亲当即转过头，示意母亲，母亲从柜子里取出一件蓝袍，交给我，叫我换上。我穿上那件由母亲亲手缝的蓝洋布长袍，顿时觉得心里沉重起来，似乎一下子长大成人了！穿起蓝袍以后，举手投足都有一种异样庄重的感觉了。

父亲领着我走出上屋的里间，站在外间。靠墙的方桌上，敬着徐家祖宗的牌位。爷爷徐敬儒生前留下的一张半身照，镶嵌在一只楠木镜框里，摆在桌子的正中间。父亲亲手点燃大红漆蜡，插上紫香，鞠躬作揖之后，跪伏三拜，然后站在神桌一侧，朗声道："进香——"

我向前走两步，站在神桌前，从香筒里抽出紫香，轻轻地捋整齐，在燃烧的蜡烛上点燃，小心翼翼地插进香炉。颤抖的手还是把两根香弄断了。重插之后，我垂首恭候。

"拜——"父亲拖长声喊。

我抱起双拳作揖。

"叩首——"

我跪在祖宗神牌前，磕了三个响头，然后抬起头，等待父亲发令。

父亲从腰间掏出一张折叠的白纸,展开,领着我向祖宗起誓:

> 不孝孙慎行,跪匐先祖灵前。矢志修业,不遗余力。不慕虚名,不求浮财,不耽淫乐。只敬圣贤,唯求通达,修身养性,光耀祖宗,乞先祖护佑……

父亲念一句,我复诵一句。之后我呆呆地站在神桌前,诚惶诚恐,不知该站着还是该走开。父亲紧紧盯着我,说:"明天,你去坐馆执教!"

由我代替父亲坐馆的仪式在文庙里举行。时值冬至节气。一间独屋的庙台上,端坐着儒家文化的先祖孔老先生的泥塑彩像。文庙内外,被私塾的学生和热心的庄稼人围塞得水泄不通。杨徐村最重要、最体面的人物杨龟年,穿着棉袍,拄着拐杖,由学堂的执事杨步明搀扶着走进文庙来了,众人让开一条路。

我站在父亲旁边,身上很不自在,心里却生出一股暗暗的优越感来。这儿——文庙,孔老先生的圣像前,排站着杨徐村所有的头面人物,我也站在这里了。门外的雪地上,挤着那些粗笨却又热心的庄稼人,他们在打扫了房屋以后,临到正式开场祭祀的时候,全都自觉地退到门外去了。

杨步明主持祭祀。他首先发蜡,然后焚香。在杨步明拿腔捏调的唱诵中,屋里屋外所有参与祭奠的村民,无论长幼尊卑,一律跪倒。油炸的面点、干果,在杨步明的唱诵声中被摆到孔老先生面前。整个文庙里,烛光闪闪,紫香弥漫,乐鼓奏鸣,腾起一种神圣、庄严、肃穆的气氛。

执事杨步明把一条红绸递给杨龟年,由这位杨徐村最高统治者给我父亲披红,奖励他光荣引退。杨龟年双手捏着红绸,搭上父亲的右肩,斜穿过胸部和背部,在左边腋下系住。父亲连忙跪伏下去,深深地磕拜再三,站起身来的时候,竟然激动得热泪盈眶。这个冷峻的人,竟然流泪了。他硬是咬着腮巴骨,不想让眼泪溢出眼眶。我是第一次看见父亲流泪。

往昔里，我既看不到父亲一丝笑颜，也看不到他的一点泪花。那泪眼里呈现出我从未见过的动人之处，令人敬服，又令人同情。我那严厉的父亲，从未使人对他产生同情和怜悯，他的眼神中永远呈现出强硬和威严，只能使人敬畏，而不容任何人产生怜悯。现在，他的脸上像彤云密布的天空裂开一道缝儿，露出了一片蓝天，泻下来一道动人的阳光。

父亲简短地说了几句真诚的答谢之辞，执事杨步明代表所有就读孩子的家长向父亲致谢，并对我的上任加以鼓励。杨龟年没有讲话，只是点点头，算是最高的肯定了。

仪式一结束，我就随着父亲走出文庙。刚一出门，那些老庄稼人就把父亲围住了，拉他的袖子，拍他的后背，抚摸那条耀眼的红绸，说着听不清的感恩戴德的话。我站在旁边，同样接受着老庄稼汉们诚心实意的鼓励，心里很激动。由爷爷和父亲在杨徐村坐馆所树立起来的精神和道义上的高峰，比杨家的权势和财产要雄伟得多！从今日开始，我要接替父亲走进那个学馆，成为一个为老少所瞩目的先生！

那张黑色的四方抽屉桌子前的那把黑色的座椅，我能否坐得稳？将来再交给我的某一个后代，至少要二十多年吧？二十多年里不出差错，不给徐家抹黑，不给杨家留下话柄，不落到被众人攥出学堂的境地，谈何容易！要得到一个圆满的结局，就得像父亲那样……

过罢正月十五，私塾开学了。我穿上蓝布长袍，第一次去坐馆，心里怎么也踏实不下来。走出我家那幢雕刻着"读耕传家"字样的门楼，似乎这村巷一夜之间变得十分陌生。街巷里那些大大小小的树木——一搂抱粗的古槐，端直的白杨，夏天结出像蒜薹一样长荚的楸树，现在好像都在瞅着我，看我这个18岁的先生会不会像先生那样走路！那些拥挤的一家一户的门楼里，有人在看我可笑的走路姿势吧？

我抬起头,像父亲那样,既不高扬,也不低垂,双目平视,梗着脖子,决不左顾右盼,努力做到不紧不慢,朝前走过去。

"行娃……唔……徐先生……"杨五叔笑容可掬地和我打招呼,发觉自己不该在今天还叫我的小名,立即改口,脸上现出歉疚的神色,"你坐馆去呀?"

"噢!对。"我立即站住,对他热诚的问话诚意地回答。站住以后,却又不知该说什么了。我立即意识到,不该停下脚步,应该像父亲那样,对任何人出于礼节性的见面问候,只需点一下头,照直走过去,才是最得体的办法……我立即转身走了。

走进学堂的黑漆大门了。三间敞通的瓦房里,学生们已经把教室打扫得干干净净,摆满了学生从家里搬来的方桌和条凳,排列整齐。桌子四周围坐着年龄差别很大的学生,在哇啦哇啦地背书。今日以前的七八年里,我一直坐在这个学堂左前排的第一张桌子前,离窗户跟前父亲的那张讲桌只隔一个甬道。这个位置是父亲给我选定的,从我第一天进入这个学堂接受父亲的启蒙,一直没有变动过。我打第一天就明白,父亲要把我置于他的视力扫视无遮蔽地带……现在,那个位置坐上新进入学堂的启蒙生了。

除了新添的几个启蒙生,教室里坐着的全是那些春节以前和我同窗的本村的熟人、同伴、同学,有的比我长得还高、还壮实,我今天看见他们,心里却怯了。我完全知道他们对我父亲捣蛋的故技,尤其是杨马娃和徐拴……

我立即走向那张四方讲桌,偏不注意那几个扮着怪相的脸。

父亲一般是先读书,后响上学时才写字,我也应该这样做,只是今天例外,读书是难以专注的,写字对稳定情绪更好些。我在父亲用过的石砚台上滴上水，三个指头捏着墨锭，缓缓地研磨。

墨磨好了。桌子角上压着一沓打好了格子的空影格纸，那是学生们递上来的，等待我在那些空格里写上正楷字，然后他们领回去，铺在仿纸下照描。我取下一张空格纸，从铜笔帽里拔出毛笔，蘸了墨，刚写下一个字，忽然听到耳边一声叫："行娃哥——"

我的心一扑腾，立即侧转过头去，看见本族里七伯的小儿子正站在我面前，耍猴似的朝我笑着说："给我题个影格儿。"

教室里腾起一片笑声——唔！应该说学堂。

笑声里，我的脸有点发热，有点窘迫，也有点紧张。学童入学堂以后，应该一律称先生，怎能按照乡村里的辈分叫哥呢！可他是才入学的启蒙生，也许不懂，也许是忘记了入学前父母应有的教导吧！我只好说："你放下，去吧！"他回到位置上去，笑声消失了。

我又转过头写字，刚写下两个字，又一个声音在我耳边响起："蓝袍先生——"

我的脑子里轰然一声爆响，耳朵里传来学堂里恣意放肆的哄笑声浪。我转过头，看见一张傻乎乎愣笑着的脸，这是村子里一个半傻的大孩子。他的嘴角吊着涎水，一只手在背后抓挠着屁股，他得意地傻笑着，和我几乎一般高的个子，溜肩吊臂，像是一个不合卯窍的屋架，松松垮垮。这个傻瓜蛋儿，打破他的脑袋，也不会给我起下这样一个雅号的，我立即追问："谁叫你这么称呼我？"

教室里的笑声戛然而止，静默中潜伏着许多期待。

"他……他不叫我说他的名字。"傻子说。

"你说——他是谁？"我追问。

"我不敢说——他打我！"傻子怕了。

"我先打你！看你说不说！"我说。

我从桌上摸过板子，那块被父亲的手攥得把柄溜光的柳木板子，攥到我的手里了。我心里微微忐忑了一下，毫不退让地说："伸出手来！"

傻子脸色立时大变，眼里掠过惊恐的阴影，双手藏到背后去了。

我从他的背后拉过一只左手，抽了一板子，傻子当下就弯下腰去，用右手护住左手号啕起来："马娃子，就是你教我把人家叫'蓝袍先生'，让我挨打……呜呜呜呜呜……"

我立即站起，一下子盯住杨马娃这个专门暗中出鬼点子捣乱的"坏头头"。不压住这个杨马娃，我日后就难以在这把椅子上坐安稳。我命令："杨马娃，到前头来！"

杨马娃虎不失威，晃一下脑袋，走到前头来了。他个子虽不高，但年岁不小了，也是个老学生。他应付差事似的朝我鞠了一躬，就站住了。

"是你教唆他的吗？"我斥问。

"没有。"他平静地回答，早有准备。

"就是你！"傻子瞪着眼，"你说……"

"谁能作证呢？"杨马娃不慌不急。

"不要作证的人！"我早已不能忍耐这种恶作剧，"伸出手——"

杨马娃伸出手来。他的眼里滑过一缕无可奈何的神色，既不看我，也不看任何人，漫不经心地瞅着对面的墙壁。

我抽一下板子，那只手往下闪了一下，又自动闪上来，他没有躲避，我也听不到挨打者的呻吟。我又抽下一板子，那只手依然照直伸着。我有点气，本想通过教训他解气，想不到越打越气了。那只伸到我跟前的手，似乎是一只橡皮手，我听不到挨打者的呻吟，更听不到求饶声。我突然觉得那只手在向我示威，甚至蔑视我。学堂里很静，听不到一丝声响。

我感到双方的对峙在继续，我不能有丝毫的动摇，不然就会被压倒，难以起来。我抽下五板子了……

傻子突然跪倒在地，抱住我的板子，哭喊着说："先……生！马娃让我叫你'蓝袍先生'，我说你要打手的，他说不会，你和俺俩都是一块念下书的，不会打手的。他就叫我跟你耍玩，叫'蓝袍先生'……我往后再不……"

我似乎觉得胳膊有点沉，抬不起来了。再一想，如果马娃一直不开口，我能一直打下去吗？倒是借傻子求情的机会，正好下台，不失威风，也不失体面。

傻子先爬起来，深深地鞠了一躬，跑下去了；杨马娃则不慌不忙，文质彬彬地鞠了躬，慢慢走回到座位上去。

我重新坐好，提起毛笔，题写那张未写完的影格儿，手却在抖。我第一次执板打人，心里却没有打人的畅快，反倒多了一缕说不清的滋味……

（摘自《读者》2018年第8期）

你说实话，我不生气

孙道荣

问过一群学生："当妈妈说什么话的时候，你觉得最恐怖？"几乎一致的回答是："妈妈要求或命令我们说实话的时候。"

为了让我们说出实话，妈妈总是先动之以情、晓之以理，然后心平气和、和颜悦色地对我们说："你说实话，我不生气。"

小时候，考试考砸了，惴惴不安地回到家，妈妈从你脸上的表情，大致已经看出了端倪。不过，她还是不甘心，希望自己的判断是错误的。她故作和悦地说："你说实话，到底考得怎样？我不生气。"

小心翼翼地拿出了考卷，递给妈妈，眼神里满是张皇。妈妈接过试卷，一行行看下去，脸色越来越难看，呼吸越来越急促，像一只不断充气的气球，不可避免地爆炸了："这么简单的题目，你怎么都不会做？我告诉你多少次了，怎么还是记不住？你长脑子是干啥的？"

一顿臭骂。如果这时候你反问她，"你不是答应不生气吗"，这就像一颗愤怒的子弹，没打着对方，反被击了回来，眼看就要打中自己。这场面真是尴尬。永远不要小瞧妈妈的智慧，她总是有办法对付各种局面。她理直气壮地吼道："没错，我答应不生你的气！我是生我自己的气！怎么生出你这样笨的孩子！"

随着年龄渐长，我们的秘密也越来越多，这让妈妈既好奇又焦虑，她希望掌握更多。她旁敲侧击地问："你是不是喜欢上了你们班的某某？你说实话，我不生气，我不骂你。"

这个某某，是你日记里的主角。你没想到，妈妈竟然对你的心思这么了解。感动之下，你和盘托出了内心深处的小秘密。妈妈听着听着，脸色由红而白，由白而紫，终于不可遏止地爆发了："你才多大，就想啊爱啊恨啊，羞不羞？臊不臊？"你又一次忘了，妈妈的"你说实话，我不生气"，多半是不算数的。

我们长大了，独立了。我们不常回家，也不常见到妈妈了。春节回家，妈妈望着我们空荡荡的身后，拉住我们，边说边叹气："跟你差不多大的，都做爹妈了。你怎么一点儿也不着急？到底是为什么还没处上对象？你跟妈说实话，我不生气，我不怪你。"我们解释了一大堆，可很显然，妈妈不愿听，也听不进去，她想要的结果其实只有一个：把另一半带回来。

从小到大，妈妈的"你说实话"如影随形。是我们假话说得太多吗？不是。是妈妈对我们的话总是不信任吗？也不是。就像放风筝，既希望它飞得更高，又总是担心它断线。

妈妈老了。那天，我陪着她从医院走出来，她瞅着诊断书叹一口气，问："你说实话，我的病是不是治不好了？"顿了顿，她平静地说，"你放心，我不会倒下，我能受得了。"

可是，妈妈，请原谅我对你说了那么多实话，一次次惹你生气，但这一次，我没有对你说实话，虽然明知道谎言并不能留住你。多么希望你还能像以往一样，为此而生气，怒发冲冠，大声地、有力地说出："不！"

（摘自《读者》2018年第8期）

都是为了你

吴淡如

每个人小时候都会立下宏伟的志向,比如当老师、飞行员、白衣天使、医生……雅卿不一样,她第一次写《我的志愿》时,就立志当一名家庭主妇,她要做个好母亲。

她不要像自己的母亲那样。强悍的母亲和怯懦的父亲堪称最佳搭档,如果不是母亲早出晚归地做生意,他们连温饱都成问题。她的父亲是个一辈子失意的公务员,母亲对父亲的无能,当然是怨言如潮水,日日潮起潮落。

由于母亲太忙,难免疏忽了对雅卿姐妹的照顾。对她们的功课,母亲更是无暇关心,但如果考试成绩让母亲不满意,母亲总会说:"我怎么会生出你这种女儿?老天真没眼。"然后,甩她两巴掌。

"我是为你好!"最后,母亲总会补上这句话。

雅卿的母亲甚至忘记女儿会有青春期。第一次月事来潮，雅卿躲在浴室里害怕得大哭，妹妹雅伦跑去告诉隔壁刘妈妈："姐姐快要死了。"

母亲的疏忽使雅卿的成长过程充满黑色笑话。对雅卿而言，大学一毕业，马上嫁给现在的先生，当了全职家庭主妇，是她理想的实现。

不少大学同窗还是单身，雅卿的大女儿思敏已经上小学五年级了。虽然不少同学经过多年奋斗，已经挂上响当当的头衔，几乎只有她从无就业经验，但雅卿一点儿也不后悔。她全心全意经营的温暖的家庭，就是她成功的果实；她努力参与社区活动，也赢得邻居主妇们的一致推崇；当义工也是她人生成就感的来源。

她以为自己做得很好，直到这天接到一封信封上盖着"退回原址"的信。信上的字全是思敏的笔迹，雅卿一时好奇，马上把信拆开读了。信是思敏写的。

徐志朋：

我想做的不只是朋友。我再也没有办法控置自己，再不向你表白，我会疯狂的。

自从那天小咪介绍你跟我认识，你的影子就天天浮现在我的恼海⋯⋯雅卿不自觉地拿起身边的签字笔，在"置"旁边打叉，写上"制"字，又把"恼"改成"脑"。然后，她又批了一行字："你还没到谈恋爱的年纪。"她直接把信还给女儿，并没有考虑会不会伤了思敏的自尊心。

思敏大发雷霆："你怎么可以拆我的信？"

雅卿强辩："我不拆开，怎么知道是谁写的？"

"你难道不认识我的字？你侵犯我的隐私权！"娇生惯养的长女，对母亲发出前所未有的咆哮和抗议。

"我是为你好！"雅卿拿出当妈妈的权威来，"小小年纪就写情书，像什么样!"

母女俩吵了几句,思敏气呼呼地回到房里。过了十分钟,思敏背了个大袋子,当着雅卿的面出门去了。

"你去哪里?待会儿就要吃晚饭了。"

"我不吃!"思敏以看仇人的眼光瞪着她,"你是坏人!我再也不要吃你煮的菜!"说完,便冲出门去。雅卿对女儿的任性万分恼火,明明担心,两只脚却像柱子一样钉在地面,只剩嘴巴不自主地开启:"我怎么会生出你这种女儿!老天真没眼!"

思敏已不见人影,雅卿呆立原地,刚刚的话语犹在自己的耳畔回响。好熟悉的腔调——这不是母亲最常抱怨的话吗?

她正在发呆时,先生回来了。雅卿要先生出去找人,先生问明缘由后却先怪她:"情书被退回来,孩子已经够难过了,你还这么多事!"

"我是为她好!"她又脱口而出。这句话如此熟悉,令她内心一惊——又是母亲的话!

先生看她脸色发白,不敢多说:"你休息一下,我去找人,不会走远的!"

记忆的胶卷在她脑海中播放。她想,难道我解不开命运的毒咒,仍然跟我的母亲一模一样?

饭菜早就冷了,先生还没回来。妹妹雅伦先打了电话来:"姐,你不用担心,思敏在我家吃饭。你真是……唉,不晓得该不该对你说……"

"你说!"听闻自己的女儿安全无恙,雅卿的闷气已经解了大半。"姐,不是我说你,你跟妈一模一样,总觉得自己是对的。"

"不、不、不,不一样!"雅卿说,"妈从不照顾我,而我全心全意顾着她;妈只忙外头,我可是百分之百奉献给我的家!"

"你当然是个好母亲！"雅伦以婉转的口气打断她的话，"可是姐，你实在不够善解人意！你的个性太强，难以和女儿亲近，和妈殊途同归！"

雅卿老大不高兴："你倒说说我哪里不对。"

"你女儿在生理上已经进入青春期了，你知不知道？"

"什么？你是指……她才五年级呢！"

"现在孩子发育得快，上个月你女儿从学校打电话给我，说她的身体发生了奇怪的事，她不知道该怎么办。我一听就明白了，赶紧给她送去卫生棉。"雅伦说，"我以为她回家就会告诉你……"

思敏竟然一点儿口风不漏。雅卿茫然地问："我每天都在家，她为什么不叫我送？"

"你呀……思敏曾经告诉我，你做什么事都大大咧咧的，非得敲锣打鼓让大家知道才甘心。她怕你这个有名的义工妈妈将她的事大肆宣扬，那她会觉得很尴尬……"

"我会这样吗？"

"怎么不会？每次思敏哪一科考不好，你就会跑到学校和她的老师沟通。思敏说，每个老师都知道她妈妈不是省油的灯，一来学校，就是一副赤手空拳、伸张正义的模样！"

雅卿苦着脸，哭笑不得。她不想和自己的妈妈一样，却仍然做了个失败的母亲。原来，选择一条完全不同的路，还是会有相同的结局。

"你别难过，亡羊补牢还来得及，思敏要跟你说话。"

"妈，"思敏的声音细如苍蝇振翅，"妈，对不起，我收回我的话。"

思敏说过什么，雅卿已经忘了。歉意在她的胸口堆积，许久她才问出一句："吃饭没？"

"在阿姨家吃过了，"思敏说，"妈，其实我还是比较喜欢吃你煮的菜。

我不该说我再也不吃你煮的菜……"

"没关系，"女儿的安慰，使雅卿两颊挂满泪水，"是……是我……该说……对不起！"

她忽然想到自己嫁人时母亲和她之间的风波。母亲说："一念完大学就嫁人，没出息！"她不假思索地回了一句："我就是不想像你一样有出息！只要我老公有出息就好了！"这句话，应该深深刺伤了母亲的心吧！

温柔懂事的思敏先向自己说抱歉，化解了一场母女危机。但倔强的自己，何曾向母亲道过歉呢？和她一样倔强的母亲，也永远失去了跟女儿道歉的机会，遗憾而终。

天下的妈妈都以为自己的付出是为孩子好，但孩子究竟能接受多少？这样的代沟一直都存在吧！雅卿向女儿说出"对不起"的同时，觉得墙上照片中的母亲仿佛也露出了一抹微笑。

（摘自《读者》2018年第10期）

读 诗

琦 君

爸爸是个军人。幼年时，每回看他穿着笔挺的军装，腰佩银光闪闪的指挥刀，踩着马靴，威风凛凛地去司令部开会，我心里都很害怕，生怕爸爸又要去打仗。我对大我3岁的哥哥说："爸爸为什么不穿长袍马褂呢？"

爸爸一穿上长袍马褂，就会坐轿子回家。轿子在家门口停下来，他笑容满面地从轿子里出来，牵起哥哥和我的手，到书房里唱诗、讲故事给我们听。

一讲起打仗的故事，我就半捂起耳朵，把头埋在爸爸怀里，眼睛瞄着哥哥。哥哥边听边表演："'砰砰砰'，孙传芳的兵倒下去了。"爸爸拍手大笑，我却跺脚喊："不要'砰砰砰'地开枪嘛！我要爸爸讲白鹤的故事给我听。"

白鹤是爸爸的白马。它英俊健壮，一身雪白的毛。爸爸骑着它飞奔起来时，像在腾云驾雾。所以爸爸非常宠爱它，给它取名叫白鹤。

一提白鹤，哥哥当然高兴万分，马上背起爸爸教他的对子："天半朱霞，云中白鹤；湖边青雀，陌上紫骝。"我不喜欢背对子，也没见过青雀与紫骝是什么样子。我喜欢听爸爸唱诗，也学着他唱："慈母手中线，游子身上衣……""床前明月光，疑是地上霜……"

我偏着头想了一下，问爸爸："床前月光怎么会像霜呢？屋子里怎么会下霜呢？"

爸爸摸摸我的头，笑嘻嘻地说："屋子里会下霜，霜有时还会积在老人的额角上呢。你看二叔婆额角上，不就有雪白的霜吗？"

哥哥抢着说："我知道，那叫作鬓边霜，是比喻老人家头发白了跟霜一样！"

爸爸听得好高兴，拍拍哥哥说："你真聪明，我再教你们两句诗。'风吹古木晴天雨，月照平沙夏夜霜。'"

他解释道："风吹过老树，发出沙沙的声音，就像下雨一般。月光照在沙洲上，把沙照得雪白一片，就像霜。但那不是真正的雨、真正的霜，所以诗人说是'晴天雨''夏夜霜'。你们说有趣不有趣？"

哥哥连连点头，一副深深领会的样子，我却听得像只呆头鹅。我说："原来读诗像猜谜，好好玩啊！我长大以后，也要作谜语一样的诗给别人猜。"

爸爸却说："作诗并不是作谜语，而是把眼里看到的、心里想到的，用很美的文字写出来，却又不直接说穿，只让别人慢慢地去想，愈读愈想愈喜欢，这就是好诗了。"

我听不大懂，10岁的哥哥却比我领会得多。他摇头晃脑地唱起来，调子跟爸爸唱的一模一样。

在我心里，哥哥是个天才。可惜他只活到13岁就去世了。如果他能长大成人的话，一定是位大诗人！

　　光阴已经逝去了半个多世纪。爸爸和哥哥在九泉，一定时常一同吟诗唱和，不会感到寂寞吧！

　　我是多么想念他们啊！

（摘自《读者》2018年第13期）

文言启蒙

张大春

先父在时,说教总趁机会,不轻易出言,想是怕坏了我学习的胃口。尤其是关于某些难教难学的知识或手艺,若我不攀问入里,他仿若全无能为力,往往只是应付几句。除非我问到了关隘上,他知道我有了主动求知向学的兴趣,才肯仔细指点。

那是在小学六年级的时候,我无意间翻看了书橱里的几本风渍书,纸霉味腐,蛀迹斑斑,字体粗黑肥大,个个都认得,可是通句连行,既不会断读,又不能解意。但仍把看很久,觉得太奇怪了,只好请父亲给说一说。

那是一套名为《史记菁华录》的书。多年后回想起来,当时捧在手里的,是给父亲翻烂了之后,重新用书面纸装帧过的小册子。父亲接过书去,卷在掌中,念了几句,说:"不懂也是应当。这是《项羽本纪》。"

这一天晚上他给我说了楚霸王自刎在乌江的故事，却始终没解释书上的文句为什么那么写。我最后还是忍不住问了："为什么你看得懂，我看不懂？"（其实我想说的是，为什么每个字我都认得，却看不出意思？）

父亲回答的话，我一辈子不会忘记："一个个的人，你都认识；站成一个队伍，你就不认识了。是吧？"他把手里的书往桌上一扔，说，"这个太难，我说个简单一点的。"

接着，他念了几句文言文，先从头到尾念了两遍，又一个字一个字地解释。在将近五十年后，我依旧清楚地记得字句："公少颖悟，初学书，不成。乃学剑，又不成。遂学医。公病，公自医，公卒。"

公，对某人的尊称。少，年纪还很小的时候。颖悟，聪明。学书，读经典。学剑，练武功。学医，学习医术，给人治病。卒，死了。

他说到"死了"时，我笑了，他立刻说："懂了？"

那是一个笑话，描述的是一个令人悲伤的人。没有谁知道那人在死前是不是还医死过别的病人，但是能把自己活成个被称为"公"的人物，应该还是有些本领的，只不过这中间有太多未曾填补的细节。

父亲说："文言文的难处，是你得自己把那些空隙填上。你背得愈多，那空隙就愈少。不信你背背这个'公'。"

"公少颖悟，初学书，不成。乃学剑，又不成。遂学医。公病，公自医，公卒。"

这是我会背的第一篇文言文，我把原文背给张容（作者之子——编者注）听，他也大笑起来。我说："懂了？"他说："太扯了！"

大部分孩子在课堂上学文言文时会觉得痛苦，是因为乍看起来，文言语感并不经常反映在日常生活之中。可是，日常生活里也不乏被人们大量使用的成语，这些话俯拾即是，人人可以信手拈来——仅此"俯拾即是"

（出自唐代司空图《二十四诗品·自然》："俯拾即是，不取诸邻。"）、"信手拈来"（出自宋代苏轼《次韵孔毅甫集古人句见赠》诗："前身子美只君是，信手拈来俱天成。"）二语，都是文言；只不过谁也不需要在读过、背过司空图和苏轼的全集后才能使用这两个词语，文化的积淀和传承已经将文言文自然化在几千年以来的语体之中了。

然而，一旦要通过文言叙事、抒情，就得理解那些空隙。我们单就"公少颖悟"这一篇来说，一共九句二十五字，行文者当然不是要颂扬这个"公"，而是借由一般行状、墓志惯用的体例、语气和腔调来引发嘲讽。那些刻意被省略掉的生活百态、成长细节、学习历程、挫败经验……通通像掉进沙漏的底层一般，只能任由笑罢了的读者自行追想、补充。你愈是钻进那些不及展现于文本之中的人生，缝缀出也许和自己的经历相仿佛的想象经验，就愈能感受到那笑声之中可能还潜伏着怜悯，埋藏着同情。

从用字的细微处体会："初""乃""又""遂"领句，让重复的学习有了行文上的变化，可是末三句显然是故意重复的"公"字，却点染出了一个一事无成者此生的荒谬喜感——即使它有个悲剧的结局。九句，每句不超过四个字的叙事，的确到处是事理和实相上的"漏洞"，却有着精严巧妙的章法，读来声调铿锵利落，非常适合朗诵。

不信的话，可以试试。

此外，我们可别忘了：《史记·项羽本纪》一开篇介绍了项氏"世世为楚将"之后，就是这么说的："项籍少时，学书不成，去；学剑，又不成。"

（摘自《读者》2018年第17期）

我的母亲
蔡志忠

我的第一个记忆，是对母子之间亲密关系的疑惑。当时我还不能站、不会走路，应该还不到1岁，只记得妈妈抱着我在路上遇到两位邻居，三个女人站在树下东家长西家短地聊个没完没了。由于抱我太久有点累，母亲让我站在地上，双手抱着她的大腿。大热天，她的大腿很凉，摸起来感觉很舒服。于是我的右手便顺着她的大腿往上伸去，母亲边聊天边用手把我的小手往下推。我不依，又用左手顺着她的大腿往上伸，母亲再一次用手把我的小手往下推。

这是我出生以来首度被母亲拒绝，还连续被拒绝两次。原本婴儿与母亲的关系是全世界最亲密的，我的小小心灵对这件事很不解，内心感到惶恐不安。这便是我对母亲的第一个记忆。

从我孩提时起，母亲就于凌晨三点多起床，背着我煮猪食、喂鸡鸭。

我因此养成了凌晨三点多起床的习惯。

父亲很严肃,平常在家里难得讲一句话,整天绷着脸,很凶的样子。我们家很安静,有事情才有人讲话,我也因此养成不太爱说话而爱思考的习惯。

我一生中,跟父亲、大哥、大姐、妹妹所讲的话极少。记得我七八岁时,曾跟二哥睡同一张床,整整两年时间,印象中我们好像不曾讲过话。

但我跟母亲则无话不说。我放学回家第一件事,就是急着找妈妈,跟她报告今天老师说了什么,学校发生了什么新鲜事。

如果课堂上老师说了一个《天方夜谭》的故事,我就把整个故事从头到尾给母亲重述一遍。她边喂鸡鸭,边听我说故事。有时我看她干活太认真,不专心听,还会生气地责怪她没仔细听我说故事。

她会笑着说:"有啊!我在认真听啊。"

我说:"那么你重述一遍刚刚我说的话。"

她总是回答:"好啦!别生气,你继续讲,我一定专心听。"

母亲在嫁给父亲之前,是家中的大姐,她从小就要帮忙照顾妹妹和略有残障的弟弟。由于从小便主持家务,她很有自己的想法。

母亲很爱看歌仔戏(福建及台湾的汉族传统戏曲之一)。每隔两个月,当歌仔戏班巡回到花坛戏院演出时,她总是无视父亲的情绪,非要去看一场不可。

两个月一次,歌仔戏的锣鼓声打破乡下的平静。孩子们总是追着宣传车抢歌仔戏广告戏单。我好不容易抢到一张戏单,便急忙跑回家告诉妈妈:"妈妈!这次演许仙与白娘子,我们哪一天去看戏?"

母亲一定迫不及待地回答:"明天下午我们去看第一场。"

第二天午饭后,她急忙洗完碗盘,还来不及把碗盘摆入橱柜,便拉着我直奔花坛戏院。她总是随着"陈三五娘""陈世美与秦香莲""孟丽君"的悲欢离合情节，边看边哭，泪流满面。

散场后，我的主要任务是，先回家打探父亲是否已经从田里回到家里——如果父亲在家，我就得偷偷打开厨房后门门闩，轻掩门板，然后再回去告诉躲在稻草堆后的母亲。母亲只好手捧着预藏在后院柴堆上方的喂鸡鸭的空盆，从厨房后门进屋，假装自己在后院干了一下午的活。

其实父亲心里明白得很，他早知道，只要有歌仔戏班到花坛演出，母亲一定不计一切后果去看戏。她宁愿忍受父亲臭着脸生气一个星期，也要飞到戏台前过过戏瘾。只要一听到歌仔戏的锣鼓声响起，母亲便无法平静地做家事，得先去看完一场歌仔戏，让平淡的乡下生活变得精彩炫丽。但她还是很克制，也像跟父亲有个默契的约定，每次歌仔戏班来花坛公演十天，她只去看一次下午场。我知道，如果父亲不反对她看戏，她一定日场、夜场连看十天二十场戏。

我小时候很不能理解：母亲那么爱看戏，为何父亲会那么反对？

后来想清楚了：生活在贫困的农村，父亲不能谅解自己辛苦地在田里干活时，母亲不做家事，还花钱买票去看戏。

长大后我发现，我的好胜心来自全乡书法第一的父亲，但我的个性形成大都来自母亲。母亲永远不责骂自己的孩子，不跟自己的孩子说"不"。

沉迷于自己所喜欢的事物，"横眉冷对千夫指"，不理会世间的价值观和别人的看法，随着心中想法而行事——我的这些特立独行的个性来自母亲。

通常小孩都是由母亲带大的，因此小孩的个性也大多来自母亲，我本人就是一个例子。母亲跟我交谈时，总是以相互斗嘴调侃的方式说话。例如我跟别的小孩到田里抓泥鳅，玩得双手很脏，她会说："哇！好厉害，能玩得这么脏！这么脏的手，除非用菜刀剁掉，否则怎能洗得干净？"

我说："不必剁，我自己洗给你看。"

小时候，我喜欢端着一碗饭，边吃边到左邻右舍串门子，到处打听新闻。

她会说："好厉害，一顿饭竟然可以吃到天涯海角！今天有什么新闻？"

我说："左邻阿花下星期一从台北回来，右舍阿珠明天有人来相亲。"

听完，她说："你这么认真当新闻播报员，有没有人给你钱？"

我说："我当免费志工，不收钱。"

我聪明，反应快，大概是因为从小妈妈就以这种方式跟我对话，培养了我随机应变的能力。

后来我有了女儿，我也学母亲跟我对话的方式跟女儿讲话，印证了我的观点。例如，我常笑着对女儿说："好丑！好丑！长得好丑！"

女儿回答："不丑啊！很漂亮，怎么会丑呢？"

我继续说："哪儿有漂亮？很丑啊！"

于是她反击："没办法，因为爸爸长得实在太丑啦！"

渐渐地，女儿也学会以调侃的方式跟我对话，她确实也变得反应快，比别的小孩聪明。

母亲养的鸡鸭，除了逢年过节被宰来吃，也是她私房钱的重要来源。她知道，一个妈妈如果口袋里没有些钱，是得不到孩子的尊敬的。因此她没钱时会卖掉几只鸡鸭，以备我跟她要钱买零食。

逢年过节，家里买鱼买肉是父亲的责任，平时买豆腐，则是母亲的责任。早上九点，听到豆腐小贩的叫卖声，她就拿钱叫我跑出去买豆腐。

她在后院洗衣服时，我总是蹲在旁边听她讲故事。我经常在听故事的空当跑进厨房先吃一小部分豆腐。每每到中午煮饭时，豆腐已被我吃了三分之一。这样几年下来，我从来没听她问过："豆腐是你吃的吗？"

（摘自《读者》2019年第8期）

吾师，吾母
二月河

一个读书出身的人，谁没有母校呢？但我的母校和我的经历一样，显得有点儿……复杂。

我父母都是军人，1948年，他们从山西昔阳渡河南下，父亲在野战部队，母亲在公安部队。他们在栾川我就在栾川，他们到洛阳我就在洛阳……在邓县（今邓州市）、在南阳……他们频繁调动，我便随队搬迁，不知道到底换了几所学校。因为辗转不定，这个学校与那个学校的教学进程又不相同，教学质量也各有差异，因此我的学习成绩一直很"臭"——除了语文。语文相对而言不需要教学的严密连贯性，它大致的构架从小学一年级到大学博士后都是一致连贯的。数理化、生物、外语就是另外一回事了，我在哪个学校里都不曾辉煌过。在学校，老师们也悄悄议论，"这孩子看上去资质很好，怎么学习就上不去"……他们只在背地里言语——

大约因为都是受了高等教育的人，相当的文明。但一到课堂上，他们就变了脸，像个受过教育的乡村干部："有的同学条件很好，怎么就不肯用功？我看他像个大烟鬼子遛街狗！别人学习，他吊儿郎当——你转悠能转出个大学生？"

"饱食终日，无所用心的富家子弟！"

"别看你家条件好，父母都是领导干部，你照样是个饭桶，垃圾！"

他们说着诸如此类的话，在课堂上铁青着脸教训人，透过闪着光亮的近视镜片冷冷地瞪着你——他们根本不会想讲台下的我是什么感受。我的母亲在家里，也训我是"吃僧"。这是昔阳话，大约也是饭桶的意思——和老师的看法一致。她晓得我功课不好的一些原因，"吃僧"归"吃僧"，到该吃饭时，她仍端着最好的饭菜送到"饭桶"面前。

每年放暑假前，是我最困难的时光，因为要向家里缴"学习手册"。我就千方百计地拖拉、回避，不是说还没有发下来，就说在同学那里没有取回来。我知道拖一拖他们就"忘了"。父母开始时还很认真，结果每次成绩都是勉强及格甚至不及格，品德评语也差不多，老师写了许多模棱两可的鼓励话，再加上一句"希望加强督促学习，争取较好成绩"。年年如此，像一本不变的旧挂历，父母每次都是一样的失望。也许是忙，也许是怕给自己添烦恼，他们就常常撂开手。1957年，我12岁，舅舅从广西来我家，他执意要看我的学习手册。我说在学习小组长手里，还没有发给我。他不信，就翻我的书包，翻我的抽屉，结果从我的褥子下面翻出来。"啊哈！这不是嘛！你还骗我！"他一下子两眼放光，迫不及待地站在窗前就翻阅起我那本倒霉的册子，母亲站在门口，尴尬地看着这一幕。舅舅的脸色也慢慢地凝重，变得肃穆，眼神也有点黯淡呆滞了。他慢慢放下手册，对妈妈说："解放学习不行，这将来不得了。"他们姐弟俩出去，我则如同被雷轰了一样,脑子里一片空白,站在那里许久没动。

谈母校,说这些似乎有些离题,但这是我在所有学校千篇一律的遭遇。我的第一个母校在陕县。如今我们看电视,三门峡市的天气预报常有宝轮寺塔的伟姿,它高高地矗立在晚霞里——那在当地叫"蛤蟆塔",寺院好像被飞机炸毁了,独独留下一座塔。若在塔前,无论远近,敲击两块石头,会发出"咯哇咯哇"的声音,和池塘里雨前青蛙的叫声一样。彼时我没有这样的知识——这塔是我国四大回音建筑之一。它就在我们小学对门,不到一百米。我常和小伙伴一道来这里玩,敲石头,捉迷藏。我小学一年级的班主任叫牛转娣,这个名字很好理解,是她的父母希望她有个弟弟的意思。她个头不高,脸比我们平常人的红一些,很精神,因是后来放的足,脚还是显得小一点,走路略有点拧着脚的样子。第一堂课她一上台,一手执教鞭,一手掠一把乌黑的秀发,脸通红,眼中闪着光,要多精神有多精神,对我们说:"同学们,今天我们上第一课——开学了!"

"开学了!"那时语文课叫"国语"。第一课就这么三个字。

"我们上学"——第二课。

"学校里有老师、同学。"

"学校里有教室、桌椅和黑板。"

第三课、第四课……

那是一段终生难忘的学习生涯,除了因为我的顽劣、旷课、逃学,偶尔会挨母亲的揍,我几乎没有什么痛苦。牛老师似乎挺喜欢我,因为我虽然调皮,但活泼、天真,老师和同学没有嫌憎我的。

这样的日子并不长久。父亲调到洛阳,母亲还留在陕县,他们似乎商量过,谁有空谁带我。就这么着,我在陕县、洛阳之间来回流动,频繁转学。这当然只能算客观上的原因,我确实是一个不能静下心来,动脑子踏实研究数理化的孩子，对外语单词更是深恶痛绝，不屈不挠地坚决抵触——明知它有用，至少是敲门砖，就是死也不背诵。

像织布机上的纺锤，我在洛阳与陕县之间穿梭了四五次。母亲调到洛阳，她在郊区公安分局当副局长，我又跟定了她。四年级之后又有了一段稳定期，我在洛阳西南隅小学上学，徐思义是我的班主任。

他是个男的，从外形到内在和牛老师全然不同。徐老师清癯，个子高，肤色极为白皙，戴一副深度近视眼镜。他讲语文，课本内容似乎讲得不多，他给我们讲莎士比亚、莫里哀，讲历史，讲故事。他年纪比牛老师要大许多——我现在猜想，牛老师可能是个初级师范学生，徐老师学历高，可能是个大学生。

洛阳是个大城，西南隅小学是个老校，分为两个大院落。四年级以下一个院，五六年级的院子要大一些。院中设有各种体育器械：格子爬、单双杠、秋千、沙坑……有一种游戏器械叫"巨人步"——四个带腿套的绳子总攒在矗在中央的杆顶，四个学生各套左腿，逆时针方向旋转跳动，一步可以跳跃七八尺。我自小有晕车症，这玩意儿一会儿就教人头晕恶心，玩不得。想想不能闲着，我便站在旁边帮同学起步，接扶头晕的同学。徐老师不知怎么瞧见了，在班里大力表彰。

我在陕县小学，有一次学校修操场，工人们清理出一具死人的白骨，很完整。学校的老师们小心地把骨骼接对起来，做成人体骨骼标本，白森森地矗立在语文教研室。同学们有点怵那东西，有一次我问牛老师："那副骨头有什么好看的？我害怕。老师为什么还把它放在办公室里？"

"解放，每个人都是这样的，都有这样一副骨架，放在办公室是为了让我们每个人都了解自己。"

让一个人了解自己的白骨，实在太困难了。过了中年，经历了千山万水的跋涉，读了成捆的书，我才多少知道了一点——有的人可能终生都看不到白骨的本相。

我和陕县小学一别就是五十余年。离开陕县后，多少年只是梦中忆起。每当心中受委屈，每当体会到人间冷暖炎凉，牛老师、李老师、徐老师——他们的影子就会出现在我枕边，走马灯那样在暗中旋转往返，凄清的泪会湿了我的枕头。

徐老师在一次周末郊游时讲了这么一段故事：有一个人，从小在老师、父母和其他亲人身边，感到很无聊、枯燥、没意思——读书没意思，工作也无趣，和人交往也没有兴味。他祈求玉帝让他摆脱这种痛苦，玉帝满足了他，把他带到天庭。那里有华美的宫殿、黄金和美玉雕成的园林、流满琼浆玉液的泉池，随时可以欣赏宫娥的舞蹈和歌声，心中想要什么立刻就会有天使用金盘献给他。这样无忧无虑地过了三年，他所希望的一切美好事物都得到了满足。有一天，他去云山游玩，他的手指突然被书上的针刺了一下，滴出一滴血。他一下子省悟到，所有的一切都错了，自己原来的穷乡僻壤，父母的温存和教诲，师长的批评训责，生活的艰难——一切原来所厌倦的事物，才是最美好的……这个故事不知他是从哪本书上读到的。

我以后读了许多书，一直留意寻找，但浩如烟海的书籍里，我始终没有找到这一根针。但我有一次读《楚辞》，想到了屈原。他驾着云车遨游在广袤绚丽的天国，在心满意足的得意中，偶然一个回眸，从云隙中，他看到了自己苦难的楚国。这一针刺下去，他的心立刻滴出了血，一下子跌落到那个令他受尽折磨的故乡。

小学、初中、高中，我各留级一次。陕县的、洛阳的、南阳的、邓州的老师，有的亲我，有的嫌憎我，没有人打过我，但有人骂过我。不论怎样，这是我曾经走过的热土，我是在天庭被荆棘刺了一下的那个孩子，心中只记得牛老师讲的那具白骨和茫然无知的那个愚人——我知道他们都是我最亲的人，他们爱我。心灵的熬煎变成最珍贵的财富。

所以，当我成了所谓的名人，我的一个母校请归来游子颂词，我写下了这四个字：吾师，吾母。

（摘自《读者》2019年第15期）

一生一次一世

金鱼酱

一位妈妈失去了丈夫，往后余生只能陪着儿子度过。今年父亲节前，在丈夫离开的第105天，她给还不到3岁的儿子写了这封催人泪下的信……

亲爱的花生：

当你能读懂妈妈写给你的这封信时，我想也应该是可以带你去看爸爸的时候了。你现在肯定已经变成一个阳光帅气的少年了，爸爸见到你一定会很开心、很欣慰。你应该不会再相信爸爸去忽忽星球这样的话了，对吧？可是在你2岁时，这是妈妈能想到最好的爸爸不能陪伴在你身边的理由了。

不知道爸爸陪伴你的短暂时光，你能留下的记忆有多少，可无论多少，希望你别责怪和忘记爸爸。他最喜欢把你抱起来举得高高的，因为你会笑得很开心,爸爸喜欢看你笑起来的模样。

我想在你的印象里,妈妈永远是那个带你旅游、陪你看书、跟你疯闹的笑容满面的妈妈。偶尔几次哭被你看到,你还会奶声奶气地安慰我:"妈妈别哭,我会带你找爸爸。"那个2岁时的你真的好懂事。现在,妈妈终于可以跟你聊爸爸了。我想告诉你,你有一个很爱很爱你的好爸爸。

妈妈16岁时就认识了爸爸,能嫁给他,嫁给初恋,是妈妈这辈子最不后悔、最幸福的事情。如果这个年纪的你也遇到了一个好女孩,一定要大胆地去享受青春,和这个女孩一起努力、一起学习、一起成长,即使将来分开,那也会是你们彼此难忘的人生经历。

我记得第一次见到你的小模样是拍四维彩超时,爸爸好开心。他告诉我,你很漂亮,有一个和我一模一样的翘翘的嘴巴,他好喜欢。终于,10月28日这天,你选择来到我们身边。

从那天起,爸爸就开始努力学习关于你的一切了,无论是在医院里喂奶后的拍嗝,还是晒黄疸,或是之后在月子中心换尿不湿和洗澡,都是爸爸第一个学会的。

爸爸每次把你抱在怀里时,都要说一遍"我的小花生好可爱"。你每次大哭时,他都会抱着你,唱歌给你听,不知道是你喜欢听,还是太难听吓到你了,反正爸爸一唱歌,你就不哭了。在你出生后的那一个月里,爸爸对你的爱和付出一点都不比妈妈少。

也是从那个时候开始,妈妈开始喜欢拍你和爸爸一起睡觉的模样。每天都能见到我最爱的两个人躺在自己身边,我感觉好满足、好幸福。

花生,你知道吗?以前我们三个人住在一个很漂亮的房子里。妈妈把家里布置得很温馨,有妈妈画的画,有妈妈和爸爸一起种的花。自从两个人的家里多了一个小小的你,每天都是热热闹闹的。爸爸熟练地给你洗澡,给你按摩，再把这些教给我，然后我和爸爸就过起了一起养家、一起养你的小日子。平凡的人生如果能一直这样平凡地过下去，该有多好。

你在爸爸宽厚的肩膀上一天天长大，多幸运。因为爸爸妈妈是自己创业，所以有充足的时间一直陪伴你。

爸爸最向往的，就是将来和你一起喝着小酒、无话不说，还能一起游山玩水。更希望有一天，可以跟你一起玩滑翔伞，一起去潜水。我也想一直这样给你们拍照记录。直到今天，回忆起这些点点滴滴，妈妈都觉得甜蜜而幸福。

可是就在那年夏天，我们的人生彻底改变了。

2017年8月18日，爸爸入院了，没有人告诉他是癌症晚期。爸爸还笑嘻嘻地等着出院回来陪你。那天晚上，我哭得撕心裂肺，你也大哭起来，直往我怀里钻。看到你哭，妈妈好心疼。我收起眼泪，紧紧地抱着你，给你喂奶，让你安静地睡下。第二天，我到医院见了主治医生。医生平静地告诉我，大概就剩3个月的时间了……这让妈妈如何接受呢，这么可爱的你将来的人生却没有爸爸了。想着一门之隔的爸爸什么都不知道，那么怕疼的他要遭多少罪，那个时候的我除了哭，真的什么都不想做。可如今给你写信时，回忆起那一天，我已经不哭了，因为比起之后要面对的种种，那一天的打击真的不算什么。

亲爱的花生，希望你永怀感恩之心。在我们这个小家庭面对不幸时，我们的亲人、朋友，还有喜欢妈妈画的那些熟悉的陌生人都给予我们很多帮助和爱。所以请你不要抱怨上天带走了你的爸爸。妈妈从没想过，上天竟然给了我们一个奇迹——爸爸又多拥有了一年半的光阴。这些多出来的时间，妈妈和爸爸尽了最大的努力，只为给你留下更多美好的回忆。

比起别人还有四五十年的时间相伴，我们的一年半时间真是少得可怜。可是妈妈已经无比珍惜了，也希望你能心怀对爸爸的思恋和爱，继续这样坚强、勇敢、快乐地过好自己的人生。

在爸爸做完第一期化疗后，我做了第一个跟他说实话的人。在我的印象里，爸爸很少哭，因为他很坚强。他第一次哭是因为妈妈高中毕业去外地读大学，他来火车站送我；第二次是在我们的婚礼上，我给他唱完歌后；第三次，就是他知道自己只有3个月时间了。爸爸哭得好伤心，那天晚上，我们俩聊了好久。最后爸爸说，想和我单独再旅游一次。回来以后，我们就好好珍惜剩下的日子，全心全意地陪伴你。

我们旅游回来的第一件事，就是给你过1岁生日，爸爸、妈妈和所有你喜欢的亲人都陪在你身边。蛋糕是大姨亲手给你做的。第一次和你分开那么久，我们俩都很想你，可是那次旅行也是我和爸爸最后一次二人世界的旅行了。

每次打完化疗针，爸爸的整个手都会变得僵硬，而且怕冷。他不能再下水陪你游泳了，可是把你举得高高的，他再痛也要做，因为又能看到你笑得超开心的模样。妈妈体会不到爸爸肉体的疼痛，但我心里的苦一分也不会少。

坚强的爸爸从不会因为病痛而悲伤沮丧，他就是这样一个乐天派。台湾亲子游，我们玩得好开心，可妈妈每次感到开心幸福时，就会揪心地痛一次。

爸爸是个很喜欢大海的人，我们度蜜月时就沿着爱琴海旅游，以至于爸爸后来离开这个世界时都是在海边的医院里。然后妈妈带着你，就在爸爸离开的城市住下来，因为妈妈不敢回武汉，不敢面对那个曾经的家，不敢走那些很多年前就和爸爸一起走过的街头巷尾。

后来妈妈慢慢明白，家不仅仅是一个有顶的房子，也不是某一个人。

只要我们永远保有一颗挚爱的心，即使所爱的人不在了，即使曾经的房子不在了，家依然在我们心中。

从台湾回来，爸爸休息了很久。一年半的时间里，爸爸一共做了14期化疗，天知道我们是怎么坚持下来的，最后爸爸手上都没有可以打针的血管了。因为化疗太伤身体，也太伤血管，他手臂上的血管都坏死了。爸爸还跟我开玩笑地说："白白嫩嫩的包子手没有了哟！"

妈妈就没爸爸那么坚强了，每次去医院看到护士给他扎针，我就心疼得哭。在你眼里最坚强、最严厉的妈妈在爸爸身边就是个爱哭鬼。

带你去利川避暑时，爸爸越来越消瘦了。我们去见了妈妈大学里最好的朋友。在那个没有空调的夏季里，我们带着你在山里玩松果、捡树枝，去稻田里拍照，每天在哥哥们家里吃吃喝喝，你开心得不得了。

爸爸因为吃了靶向药，全身脱皮，头发都快掉光了。所以，他总是戴着帽子。可是爸爸还是很帅气，对不对？之后在港大医院，我问爸爸要不要给你录一些生日祝福。那个时候的爸爸已经瘦得脱了相，很憔悴。他说不要，他不想让你看到他那个样子，他怕吓到你，他只希望你记得他健康时的模样。

化疗和靶向药的副作用一直提醒着我们，什么叫时间和生命，可是我们依旧对生活充满希望，甚至幻想能有一剂神奇的抗癌药救救爸爸年轻的生命。

妈妈当时一直想，不奢望一辈子，哪怕能再有5年时间也好，起码能让爸爸看着你上小学，起码能让你记住爸爸的模样……可惜与癌共存的美好愿景并没有降临到我们身上。

去香港，是爸爸陪你的最后一次远途旅行。这次旅行，我已经明显感觉到爸爸的体力变得很差了。每天中午，妈妈都会让爸爸和你回酒店睡午觉。在香港，我们慢悠悠地玩了7天，还遇到了难得一见的超强台风山竹，你和爸爸又多了一次难忘的经历呢。这些难忘的记忆，在妈妈写给你看的今天，爸爸肯定在天边回放了无数次。

妈妈比以前更爱跟你们拍照了，因为我知道，每一张照片都是留给你的珍贵回忆。有时候我也想，是不是妈妈太自私了，长大后的你会不会因为这些而伤感难过呢？

妈妈把我们仨在一起的时光画成了书，送给爸爸，留给你。如果很多年以后，妈妈也要离开你，希望你替妈妈开心，千万别难过。因为妈妈盼了一辈子，终于能再见到爸爸了。那时，你应该也有了自己的家庭，应该也是别人的老公和爸爸了。那个时候，就是妈妈和爸爸一起在天边守护你了。

爸爸的生日过后就是你的生日了，我们家花生2岁了。妈妈忙了一个通宵布置房间，爸爸在你生日当天正好要做化疗。他早早就去了医院，回来时脸都白了，应该是赶着时间回来陪你。这也是爸爸陪你度过的最后一个生日。以后妈妈要和你一起度过没有爸爸陪伴的生日，没有爸爸陪伴的结婚纪念日，没有爸爸陪伴的新年……但是，妈妈答应过爸爸，即使他不在，也会跟你好好过下去。

所以每年你的生日，妈妈都会送你一段旅行。我们把对爸爸的思恋和爱放在心底。

3月2日清晨，爸爸突然说想给你买份礼物。我跑去医院的商店选了一辆玩具摩托车。爸爸说，他想亲自送给你，然后就不再说话了。他的器官都衰竭了，他已经无法控制自己眨眼，所以就那么一直睁着大大的眼睛。外公外婆把你带到医院时，我告诉爸爸，花生来了。他马上把手伸进枕头下面，把车子拿出来，想要递给你。他真的是很用力地做这个动作，生硬到让我止不住地哭。你大声喊爸爸，可是爸爸好像看不见你在哪里。他用尽最后的力气跟你说了句"花生，要听话"，就没有再说一个字了……妈妈拍下了我们一家三口的最后一张照片。爸爸流着泪走了……2019年3月2日13点11分（一生一次一世），在妈妈的生日和我们结婚纪念日的前一天，爸爸走了。直到人生的尽头，爸爸都在爱着我们。

　　妈妈给你写了一封长长的信，只是想告诉你，不要觉得自己是可怜的单亲家庭的孩子。爸爸妈妈很相爱，也很爱你。你有一个好爸爸，他曾用生命去爱你。

　　如果有通往天庭的邮箱，希望这封信爸爸也能看到。

　　儿子，如果爸爸能看到这封信，你要让他知道，你会一直爱着他，就像他一直爱着你一样。

爱你的妈妈

（摘自《读者》2019年第17期）

外婆的美学

李汉荣

外婆说："人在找一件合适的衣服，衣服也在找那个合适的人，找到了，人满意，衣服也满意，人好看，衣服也好看。""一匹布要变成一件好衣裳，如同一个人要变成一个好人，要下点功夫。""无论做衣服还是做人，心里都要有一个'样式'，才能做好。"

外婆做衣服是那么细致耐心，从量到裁再到缝，她好像在用心体会布的心情。一匹布要变成一件衣服，它的心情肯定也是激动的，充满着期待，或许还有几分担忧和恐惧：要是变得不伦不类，甚至很丑陋，名誉和尊严就毁了。

记忆中，每次缝衣，外婆都要先洗手，把自己穿戴得整整齐齐，身子也尽量坐得端正。外婆总是坐在敞亮的地方做针线活。她特别喜欢坐在场院里，在高高的天空下面做小小的衣服，外婆的神情显得朴素、虔诚、庄重。

在我的童年，穿新衣必是在盛大的日子，比如春节、生日。旧衣服、补丁衣服是我们日常的服装。我们穿着打满补丁的衣服也不感到委屈，一方面是因为人们都过着打补丁的日子；另一方面，是因为外婆在为我们补衣的时候，精心搭配着每一块补丁的颜色和形状，她把补丁衣服做成了好看的艺术品。

除了缝大件衣服，外婆还会绣花，鞋垫、枕套、被面、床单、围裙上都有外婆绣的各种图案。

外婆的"艺术灵感"来自她的内心，也来自大自然。燕子和其他各种鸟儿飞过头顶，它们的模样和姿态留在外婆的心里，外婆就顺手用针线把它们保存下来。外婆常常凝视着天空中的云朵出神，她手中的针线一动不动，布安静地在一旁等待着。忽然出现一声鸟叫或别的什么声音，外婆才如梦初醒般地把目光从云端收回，细针密线地绣啊绣啊，要不了一会儿，天上的图案就出现在她手中。读过中学的舅舅说，外婆的手艺是从天上学来的。

那年秋天，我上小学，外婆送给我的礼物是一双鞋垫和一个枕套。鞋垫上绣着一汪泉水，泉边生着一丛水仙，泉水里游着两条鱼儿。我说："外婆，我的脚泡在水里，会冻坏的。"外婆说："孩子，泉水冬暖夏凉。冬天，你就想着脚底下有温水流淌；夏天呢，有清凉在脚底下护着你。你走到哪里，鱼就陪你到哪里，有鱼的地方你就不会口渴。"

枕套上绣着月宫，桂花树下，蹲着一只兔子，它在月宫里，在云端，望着人间，望着我。到夜晚，它就守着我的梦境。外婆用细针密线把天上人间的好东西都收拢来，让它们贴紧我的身体。贴紧我身体的，是外婆密密的手纹，也是她密密的心情。

直到今天，我还保存着我童年时的一双鞋垫。由于时间已经过去三十年之久，它们已经变得破旧，如文物那样脆弱易碎。但那泉水依旧荡漾着，贴近它，似乎能听见隐隐水声。两条小鱼仍然没有长大，一直游在岁月的深处。几丛欲开未开的水仙，仍然那样停在外婆的呼吸里。

我端详着外婆留给我的这件"文物"。我的手纹，努力接近和重叠着外婆的手纹。她冰凉的手从远方伸过来，感受我手上的温度。

（摘自《读者》2020年第2期）

那个抄古诗的男孩

林少华

1975年，吉林省九台县（现为长春市九台区），一个姓韩的小伙子即将从县青年干部培训班结业。结业之际，老师要求每位学员做一项社会调查：下乡走访村民家庭。派给小伙子的走访对象，是距县城20公里的一个自然村的五六十户人家。

一个晴朗的秋日，小伙子背起挎包早早出发，挨门挨户访贫问苦。薄暮时分，只剩下五户人家。东山坡一家，北山脚两家，西山坡一家，正中一家，都是草房。小伙子沿着有牛车辙和羊粪蛋的土路前行。时值初秋，路右侧几垄秋白菜稀稀拉拉尚未覆垄，左侧密密麻麻一大片玉米田，玉米棒已蹿出了红缨。玉米田再往前，有一小块方方正正的矮株高粱地。一条很短的羊肠小道从地头往西伸去，尽头是一棵很有年头的歪脖子槐树，树下一条宽些的沙石坡路同小道呈直角通向一座草房。

绿树，斜阳，光影斑驳。小伙子放慢脚步走进院子。一位40岁光景的妇女正好开门出来，赶紧把陌生的客人迎进屋子。进了西屋，屋里没什么像样的家具和摆设，迎窗是一铺炕，裸土地面，从房梁上垂下电灯泡，完全可以说是家徒四壁。和他走访的多数农家不同的是，这家的墙壁上都贴着报纸。尤其引起这位喜欢文学的小伙子注意的是，报纸上居然有用毛笔抄写的古诗。小伙子问女主人墙上的诗是谁抄写的。"我大儿子。"女主人回答。小伙子又问："你大儿子是做什么的呢？""上大学去了。"小伙子吃了一惊："大学？哪儿的大学？""长春，吉林大学。"小伙子这才细看眼前这位农妇：身材瘦削，面色苍白，皱纹明显，但眉目清秀；衣着极为普通，甚至打了补丁，但相当整洁；忧郁的神情透出几分执着和坚毅。

可以断言，他走访过的五六十户农家，只有抄在墙上的古诗印在了他的脑海中，那有可能是他社会调查的唯一"成果"。

结业后，小伙子被分配到县组织部当干事。后来到一个公社（乡）当干部，然后是副书记、书记。因为他喜爱文学，笔头好，口才也好，加之有情怀，有能力，所以一路不断升迁。

43年后的2018年夏天，韩书记终于和当年那个抄古诗的男孩相见了。契机是他几个月前在报上读到我写的关于翻译村上春树的长篇小说《刺杀骑士团长》的文章，随即辗转给我一个亲戚打电话，要到我的联系方式。我当时正巧在乡下度假，于是得以相见。

不用说，43年前我们都那么年轻，一个在省城的大学就读，一个在县城的青干班参加培训。而43年后，我们都已两鬓斑白，不复当年模样。酒桌把盏，一时不胜感慨。感谢墙上的古诗？感谢无形的命运？感谢偶然的契机？

（摘自《读者》2020年第2期）

欢 愁

林文月

儿子又在敲打英文。我一边整理家务，一边猜测那都是些什么内容，是感谢对方接受他的入学申请吗？

除非得到他的允许，否则做母亲的不能偷窥他的信件。这种规矩原是孩子还不懂事的时候，我教给他们的，但现在按捺不住好奇心的是我。

儿子已大学毕业，他在仔细思考之后选择了继续深造。这是他的决定，我和他的父亲都没有干预。于是自去年秋天以来，这事便积极地推进着。

我常见他对着一张地图，似乎在研究地理和气候，有时他也询问我曾经在旅途中见过哪些异乡习俗。

近几个月来，邮箱内他的信件突然增多了，我明白到了今年秋天，儿子大概就会独自到异乡去读书。

我觉得自己是一个不错的母亲，但有时也难免抵挡不了挫折感的侵袭。为了教书和写作，我把太多时间花在了书房里。大约是在儿子读高中时，我问他："你会因为我不像别人的妈妈那样，不能全天候地照顾你而感觉不满吗？"他笑着回答："这怎么能做比较呢？我生下来就只有你这个母亲啊！"他的话虽说得轻松，却充满体谅。

由于孩子无法选择更好的母亲，所以我只有设法做一个更好的母亲。然而，有时也真不容易。

女儿读初三时，特别让我费神。和她的哥哥不同，她从小好交友，即使在升学考试的压力下每天也有无数个电话要接，那使她不得不缩短温习功课甚至睡眠休息的时间。

我不免心疼又着急，遂劝她暂时克制过度的社交，可女孩子哪里听得进这些教条？最后，我发出警告："假如你自己不能跟朋友主动表示，那下次来电话时，我便要警告他们。"

电话铃依然一遍又一遍地响，我遂委婉地劝勉那个少年："如果你们关心对方，应该彼此勉励。一个月之后，有的是谈话的时间，对不对？"语气温和，但态度是坚决的，我没有把听筒交给女儿。

女儿指责我不尊重她，次日我便看到女儿留给我的一封绝交信，那里面说了一大套朋友相交的道理，最后还表示读书要出于自愿。

读完信后，我很茫然，一时间不知如何处理这件事。

我明白所有大考在即的孩子都有莫大的心理压力，但我也自有正确辅导的立场，不能因为收到绝交书就认错讨饶。我决心让事情顺其自然地发展。

女儿放学回家时的脸色是极不愉快的，不过我注意到电话铃声不似往常响得那么频繁。她的房门虽紧闭，但深夜尚有一线灯光从下门缝溢出，只是她依然不愿与我多交谈。这样的日子持续了十余日后，女儿先是对父亲和哥哥有了笑容，我既欣慰又嫉妒。然后我试着用平常心与她交谈，她也不再刻意保持冷漠，但双方都有些不自然。不过，我真的为女儿又回到我的怀抱而欣喜。

亲子之情实在奇妙。

这件事情过去很久之后，有一天晚上我和女儿上街购物，她硬要抢过我手中的购物袋，无端令我生出提前衰老的感觉。我请她到一家小店喝茶。女儿有说不完的话题，住宿学校令她获得集体生活正面与负面的经验："妈妈，我真感谢你从小教我要如何坐、如何站，免得我现在被别人嘲笑。"

在回家的路上，女儿轻声告诉我："妈妈，我实在佩服你。有时候我想如果我有一个像我这样的女儿，我真不知该怎么办。"我抚摸她的长发，说："到那时，你自有一套办法疼爱她、教育她。不过，我祝福你有一个更乖巧的女儿！"说完，我们两个人同时笑了起来。

（摘自《读者》2020年第6期）

体谅你的不正确

闫 红

我读到高二时，不想再读下去，自作主张退了学，一心要成为一个写作者。难得的是我爸也支持，只是他觉得即便当作家，也需要进一步学习，于是到处帮我打听哪里有作家班可以读。

那年11月中旬，我们听闻复旦大学有个作家班。此时学期已经过了大半，仍要交整个学期的学费和住宿费，连中间人都觉得不划算。但我爸认为，孩子的成长期不可蹉跎，他第二天就带我启程，汽车、火车，坐了一天一夜，终于抵达邯郸路上的复旦大学。

我爸先带我去办理入学手续，交了厚厚一沓现金。我稍感不安，因为当时大学还没有扩招，国家有补贴，我是少见的自费生。手续办完，我们去宿舍，路过对外营业的国年路上的教工餐厅，我们打算就在这里吃午饭。

放下大包小包，我们四处打量，脸上是外乡人显而易见的好奇。这时，我看到一个女孩子走进来，她是逆着光走进来的，一进来，整个餐厅都被照亮了。

她身材高挑，打扮得很时髦，最醒目的是脚上的那双靴子，麂皮的，很精巧，钉着漂亮的流苏，跟她白色长毛衣上的流苏呼应。时值深秋，我穿着薄袄，她却穿着一条咖啡色的厚呢短裤，两条长腿极具视觉侵犯性地露在外面。

我立即有了某种压迫感，是初来乍到的恓惶，还有对未来的迷茫，我开始怀疑自己的选择——外面的世界很精彩，但外面的世界，我不见得能适应。

我爸把我安顿好就回去了。他仅留了几十块钱在身上，剩下的都给了我（之前已买过回程票）。

我休息了一会儿，就去室友推荐的五角场，那里有很多小店，卖衣服的、卖鞋子的，有贵的、有便宜的，让人眼花缭乱。我几乎是手忙脚乱地买了一双靴子，人造革的，穿在脚上不舒服，但样子不错，尖圆头，鞋跟很高，鞋边有一圈同色的铆线——那是浓墨重彩的时髦，我太着急想要抓住"时髦"了。

之后的很多天，我都在为这个选择付出代价。那双鞋子如暗处的酷刑，磨脚、不透气，偏偏教室离我住的南区宿舍又特别远，我走起路来总是深一脚浅一脚，像小人鱼一步步走在刀刃上。只是人家小人鱼是为了爱情，我是为了什么？虚荣吗？

上海下了第一场雪后，我的脚更是遭了殃。鞋子开胶，我买了胶水粘上，还是有潮气渗进来，便生出冻疮；夜晚坐在南区的自修室里读书，脚像一块冰冷的石头，回寝室后焐很久也焐不热。

尽管如此,我也不想买第二双鞋。我爸是工薪阶层,在小城挣钱,给我在上海花,非常不易。我的学费和生活费几乎花掉了他的全部工资,再一双接一双地买鞋子,我着实于心不忍。

再说,我放弃高考要当个作家,我和我的家人付出那么大代价,我应该做的不是心无旁骛地学习吗?怎么能在穿着打扮上花那么多心思?上海的冬天虽然寒湿,但忍一忍也就过去了。

然而,就在那个冬天最冷的一天,我收到我爸寄来的包裹,打开来,竟然是一双短靴。柔和的光泽,证明它是真正的牛皮,里面还有一层羊毛。不算高的方跟,朴拙里带点稚气,经典大方,倒衬出我脚上鞋子的廉价。我完全不明白,我那土土的老爸,怎么突然有了这样的好眼光!

我爸是一个完全没有审美可言的人,他说这叫"泥人不改土性"。有次他认为我妈太不爱给我打扮,索性跑到街上给我买了两件衣服,居然都是男装,我妈气得跟他吵了一架。

这一次,他是咨询了女同事,还是请教了鞋店的老板娘?后来我想,更有可能的是,他在店里选了最贵的一双。

那双鞋子温暖了我整个冬天。依然是在深夜的自修室里,当我的脚被温暖包裹,脚趾隔着袜子也能感觉到羊毛柔软的触感时,我那么深切地感觉到,自己被深深爱着。

寒假回家,奶奶跟我说,我爸那天一到家就感叹,上海的女孩子长得漂亮,穿得也漂亮。我奶奶就说:"我孙女长得不比人家差,就是穿得不如人家。"

我爸一向不爱对别人评头论足,他跟我奶奶说这些,一定是入了心吧。"然后,他就去鞋店买了最贵的一双鞋给我,是吗?""是的。"衣服鞋子都是身外之物,圣贤不会在意这些。可是,真爱一个人,就会体谅对方不够强大、不够正确的那些地方。

记得我弟上初中时有一帮小兄弟，他就像那个"及时雨"宋江，出手大方，零花钱都用来请大家吃冰棒、吃烧饼了。

问题是我们家也没矿啊，可我爸不说有求必应，起码是大力支持。我跟我爸抱怨，我爸说："你弟学习成绩不好，现在各方面都不突出，很容易自卑。但他有个优点是慷慨，这也是能帮他成事的。我没有万贯家财给你们，但现在可以给你们一个宽松点的环境。"

被我爸言中，当初看上去很不突出的我弟，现在做影楼培训，手下有上百名员工、几百家加盟店。他说他一路发展过来，就靠着慷慨和厚道。

我爸因此被旧同事奉为育儿楷模，当年他们看尽我们各种精致的淘气，没想到如今我们还都能成为不给社会添麻烦的人。你看，爱就有这么神奇的力量，能让人无师自通地变成教育天才。

（摘自《读者》2020年第8期）

一个孩子的清白

杨宙

一

国庆假期,雨已经连着下了好几天,到处湿漉漉的。刘涛接到电话时,正好是一个难得的晴朗的下午,全家人在附近的湿地公园玩耍,10岁的儿子小新也在。

电话是派出所民警打来的,刘涛被通知前往自家小区的停车场,好几个人在一辆奥迪车旁等着他们。这辆黑色奥迪车的车门和后备厢有好几处深浅不一的划痕,损伤严重。通知他的民警名叫邹兴华,是附近片区的派出所民警。他告诉刘涛,根据现场的监控,在这辆奥迪车停放于停车场的几天时间里,只有刘涛的儿子小新曾近距离经过,并且有伸手碰车的举动。车主也告诉邹兴华,在进入停车场之前,这辆车一切完好。

10岁的小新被几个成年人围着,显得很慌张。在刘涛看来,车不太可能是小新划的:一是因为孩子身高不够,要抬手在后备厢盖上划下这么重的痕迹,几乎不可能;二是,那些像用尖锐石子刻下的严重划痕,不是一个孩子使力能划出来的。

但这些都是他的推测。视频监控摆在这儿,前后矛盾摆在这儿,甚至连围观的群众都指出了不太可能是入库前划伤的论据:重庆连日多雨,如果这些是旧划痕,那么早就该生锈了,不可能这么新。

刘涛当场问了儿子几个问题:一是有没有划车,小新说没有;二是经过的时候有没有看见车上有划痕,小新也回答没有。再问下去似乎也问不出什么了,更重要的是,小新看起来越发沮丧,辩解的声音里带着烦躁。

后来回想起来,大概正是在这个关键点上,刘涛意识到自己问话的方式不对,必须立马转变策略——孩子回答时不会顾及太多,可能分不清"不确定"和"没有"的区别。现在,小新的答案明显和现实情况矛盾,这反而对他不利。

没有太多的辩解与争执,刘涛迅速作出决定——让家人先把小新带走。"如果孩子做了错事,应该由家长承担责任,并在孩子有安全感的情况下进行教育;如果孩子没有做错事,在这种场合,我也不能用'闹'的方式解决,这样会给孩子留下错误的印象,以为解决问题就是靠闹。"

38岁的刘涛是一名程序员,办事讲求逻辑与理性。在他看来,许多事情都可以用一些逻辑模型去评估策略的合理性。

理性分析告诉他,无论如何,他应该先承担责任。如果真是孩子做的,那么他也算是主动担责;如果不是孩子做的,那他也收获了有所担当的形象。

二

作为爸爸，刘涛的角色是养育与照顾。他一度觉得自己是最了解孩子的人。但在小新的独处时刻，他发现，孩子心中已经有了一小块他不曾了解的部分。他希望能和这个小人儿做朋友。

从小新上一年级开始，每天放学后，这个家里都会有一个固定的仪式——由小新告诉父母这一天受到的表扬与批评，有什么开心、难过，或者值得分享的事。刘涛觉得，因为跟父母有了交流，孩子或许会更加专注于当下的生活，"想着回家与爸爸妈妈分享细节"。

即便那天小新被那么多陌生人围着，被指责，刘涛也没有着急。他内心很笃定，无非就两个答案——如果不是孩子干的，就得找出证据；如果是孩子干的，也没关系。他没有把小孩撒谎这件事想得过于严重，而是用另一种视角审视：在还没有形成完备的道德观念之前，撒谎这种行为，或许是他成长的必经之路，意味着他开始学会权衡利弊。

那天回家后，刘涛把小新叫到书房。他说："爸爸已经把事情办好了，不管如何，钱先垫出去了，你能不能跟爸爸说说到底是什么情况？"小新还是很坚定："爸爸，真的不是我做的。"

那个时刻，刘涛已经十分确定——不是小新。这些年来，他熟知儿子的行为模式，撒了谎，会找借口和理由，但这一次不一样，小新的这种坚定，是从来没有过的。

刘涛打定主意，既然小新是被冤枉的，那么就要帮他找出具有说服力的证据。

三

几乎在差不多的时间，48岁的民警邹兴华在结束了一天的值班后，心里还是放不下那个10岁孩子的案子。他始终记得孩子坚定否认的样子，尽管结案了，他还是对事情抱有怀疑。

后来，他嘱咐同事帮他从停车场把监控视频拷贝回来，38个小时，超过60G，光拷贝就花了3个多小时。

把视频拿回来之后，邹兴华也没法在工作时间看。这个普通基层民警的一天，被各种琐事占据。

查监控视频，能利用的就是早上提前到单位的半小时，以及午休时间。在机房，他花了3天时间，用4到16倍不等的速度观看视频。这辆奥迪车从4号凌晨停放到7号下午，直到小新出现，前面大部分时间里，没有人经过。邹兴华坚持着从头到尾看完，他怕一旦跳帧，会错过些什么。

直到7号下午的14：02到14：07，小新出现，邹兴华把这段区间的视频反复看了四五遍。车的损伤部位已经刻在脑子里，他反复看小新经过这辆车时的动作。能确定的是，小新的手是插在兜里的，偶尔几次触碰车，也是极其轻微的。

事实上，早在事发后的第二天，刘涛就和邹兴华通了一个电话。前一晚和孩子认真谈完后，刘涛开始寻找证据，首先想到了自己车上的行车记录仪——当时他的车停在那辆奥迪车对面，如果运气好，说不定能拍到点什么。可惜，720P的画质不足以让他看清对面的状况，他决定联系派出所寻求帮助。

这是两个男人间的第一次通话，刘涛的话还没出口，邹兴华就告诉他，自己在看录像，完整看完还需要一点时间，让他等等。刘涛觉得意外又感动，他从没想过还有警察会继续查这件事。

第二天，刘涛再次接到了邹兴华的电话。对方告诉他，基本排除了小新"作案"的可能。

接下来的事情算是顺理成章了。通过邹兴华从车主那儿问来的线索，他们到7号以前奥迪车经停过的车库，查找此前可能被监控拍到的画面。那一天，邹兴华在派出所值班，刘涛自己开车，到了江北一座商厦的地下车库。

因为派出所的关系，车库管理员为刘涛播放了4号下午车辆进出时路口摄像头捕捉到的监控视频。终于，在车库门口那个高清摄像头拍摄的画面里，刘涛看到那辆奥迪车缓缓驶来。

那辆奥迪车的左半边从摄像头下方经过，左侧前后车门上，两条大约8厘米的划痕清晰可见。没有遮蔽，没有疑问，证据就在这里。

刘涛把这一帧画面拍下来，发给邹兴华。邹兴华与同事随后赶到，通过对不同角度监控视频的分析，确定了这辆奥迪车之前就有划痕。二人没有太多交谈，邹兴华随后通知车主退回那3500元，然后回到派出所继续值班。

当晚回到家后，刘涛并没有马上把真相告诉小新，而是像以往任何一个普通日子一样，吃完饭，两个人聊起这一天发生的事。他告诉小新，事情解决了，但找证据时那些努力的细节和过程，他没有提，他觉得不重要了。

四

总的来说，这件不知名的小案件，就这样结束在重庆的晚秋。

事后，为了表达谢意，刘涛的父母拨打了当地民生新闻的热线，对邹兴华进行了表扬。在基层派出所工作15年之后，邹兴华登上了报纸。他说没有想到，自己会因为这么一件小事上报纸。

邹兴华还收到了人生中的第一面锦旗，是从北京寄来的，寄件人姓名不详，锦旗上写着："还得清白少年笑，铁汉柔情卫士心。"

这件事在10岁孩子心中留下了多大的印记？

小新的答案是，那两天有点不开心，具体表现为下课后他都在座位上发呆，一直在想，是不是自己经过时，衣服上的拉链划到了那辆车？如果其中一道真的是他不小心划的，那他是不是也算撒谎了？

当然，现在一切都结束了，小新对目前的结果很满意。小新说，他还有一件重要的事情要澄清：他当时只是因为喜欢车，才走过去看了看，并不是像大人说的那样，在逗一只苍蝇。

（摘自《读者》2021年第3期）

献给母亲的礼物

吴 纯

我11岁时父母离异了,我和母亲一起生活。有一次,母亲带我到新华书店,给我买了两幅字——一是"坚毅",一是"自立"。这两幅座右铭一直陪伴着我。在"自立"那幅字下有一句话:"靠山山倒,靠人人倒,靠自己最好,凡事莫存依赖心,以自强自立为本。"母亲希望用简单的话语激励我,让我知道应该承担的责任,我是家庭的一员,我和母亲就像人字结构,一撇一捺,互相支撑。我们在教室住了半年左右,这两幅字就一直陪伴着我们。

我4岁时,一位很有心的幼儿园音乐老师通过一个学期的观察,发现我比别人学得快,唱得准。她对我母亲说,这个孩子有音乐天赋。母亲找了很多亲戚朋友,借了1000元钱买了一架电子琴,虽然当时她的工资每个月只有40元左右。学了差不多10个月,电子琴老师对母亲说,这个孩子乐感很好，常常超额完成作业，应该去学钢琴。一架钢琴将近5000元钱，在20世纪80年代真是一笔巨款。母亲又去借钱，找了很多人。直到现在，母亲也不告诉我，她是怎么一家一家开口借钱的，但我可以想象那有多困难。有一天，钢琴送来了。我当时很小，第一次见到这么大的钢琴，听着自然、纯净的声音，好像在敲击心灵。我连续弹了两个小时。

对孩子来说，弹钢琴最初是出于兴趣，但之后的练习，记五线谱，却非常枯燥。这时，老师的教导和家长的陪伴缺一不可。母亲非常用心地记下老师的每一句话，回家后帮我复习。

家里出现变故后，我学琴的压力更大了。最初，钢琴不能放进教室，晚上下了课，我去母亲的同事家里，他们吃饭，我练琴，练完以后去食堂吃饭，然后带饭回去给母亲。我先写作业，写完作业用收音机听音乐。妈妈吃完饭继续忙，比如焊接。我不会焊，但会帮她插元器件，妈妈节省了时间，我也锻炼了动手能力。

我们不能一直住在教室里，总要另想办法。母亲就找了许多活儿干。武汉的夏天特别热，差不多有40℃。妈妈带着我去采购材料，大概3小时的路程，转几次公交车，背回20多公斤的元器件或者塑胶棒。我虽然小，但能扛起一个袋子。我问母亲："你这么辛苦，老板给你多少钱？"母亲说，她没有技术，只能拿劳动力去换钱，拿时间去换钱，拼命干活儿却挣很少的钱。她让我好好学习，因为时代在进步，我要成为有本事的人。

母亲的一个同事知道我们的境遇后，主动提出让我教她7岁多的女儿练琴。我很忐忑，母亲说，你放心，记住老师说的每句话，自己总结一下，这样既可以温故知新，又可以在教的过程中看到别人的缺点，自己可以规避。然后，我这个小老师就上任了。第一节课我战战兢兢，因为她有点儿顽皮。上了几堂课后，她就可以坐下来听我说话，慢慢地按要求规范地完成练习曲。一个星期4堂课,我的报酬有100元钱。我拿着钱一路跑,看到妈妈的时候特别高兴,告诉她这是我赚的钱。妈妈当时流着泪说:"我儿子长大了,可以为这个家做更多的事儿了。"

那时候,母亲打工,没有时间安排生活,就每天给我10元钱,让我来管理。这是一种信任。我常常琢磨怎么分配钱,这个多一点,那个少一点;中午多一点,晚上少一点。母亲希望我懂得,孩子不只是一个消费者,还可以创造财富。孩子在家庭里有权利,也有义务和责任。

1997年,乌克兰音乐学院的波波娃教授到武汉讲学。她听了我的演奏后觉得我有才华,可以深造。当时我才15岁,妈妈有点不舍得,但她还是接受了老师的建议。在乌克兰,一年的学费加生活费要3000美元(约2.5万元人民币)。1998年冬天,妈妈在机场给了我沉甸甸的3000美元,她说那是我们的全部家当。她还说,我要做好6年不回家的准备,因为没有钱买机票。我没有回头,面朝前方挥手告别——我怕一回头,两个人都哭成泪人。

刚到乌克兰的时候,条件不好,零下25℃,没有热水,我要去很远的地方洗澡,常常感冒。那里天亮得特别晚,又黑得特别早。但是这些不会影响我,我的信念很坚定,我知道自己是来学习的。

到乌克兰的第五天,为了缴学费,我要把手上的美元换成当地货币。为了换得多一些,我就去了更远、更偏僻的地方。结果我被骗了,1500美元(约1.2万人民币)学费全没了。当时我整个人都炸了,身体不住地颤抖。

我先用1500美元的生活费交了学费,身上剩下几十美元。我每天早上5点多起床,6点音乐学院一开门我就去练琴。有一天,我发现一个老板送牛奶,我就请他把这份工作给我,报酬只要牛奶和面包。俄式面包比较大，切成三份，早中晚各一份，我一天的饭就够了。我早上喝牛奶，中午和晚上喝白开水。这样的生活，我坚持了一年。此外，我还送过外卖，刷过墙，贴过壁纸，帮过厨，做过配菜，干过家政，能做的我都做。我每天只睡3小时，练琴不能落下，学习语言不能落下。这份坚毅是母亲给我的。

自从机场一别，母亲也过得十分艰苦。母亲虽然打了5份工，每天却只有4元钱生活费。她一个人在家不开伙，在食堂吃，早上买一个馒头和一碗粥，花1元钱，中午控制在1.5元钱，晚上吃1元钱的面条。她体检时抽不出静脉血，同事笑话她，说她被儿子吸干了血。她马上否认，说那是她的责任。她说，一个母亲把孩子带到世界上，不可以让孩子成为社会的负担，而是要为社会添砖加瓦。她觉得自己必须坚强地活着，成为一个钢铁之躯，不能生病，不能放弃，不能堕落，必须承担起养育孩子的责任和义务。

当年我给母亲写了很多信，有几千封，为了不超重还写得密密麻麻的。她一遍又一遍地读我的信。回国后我才看到那些信纸都被浸湿过，有我的泪，也有母亲的泪。

现在我几乎每场演出都带着母亲。我演奏的每一个音符，都是献给她的礼物。

（摘自《读者》2021年第3期）

父亲归来那一天

明前茶

我小时候,父亲归来的那一天,就如彗星降临的那一天一样不可思议。父亲是天文望远镜工程师,20世纪八九十年代,中国科学院下属的国家级天文台中,许多用于观测星系的望远镜是他设计的。组装好的望远镜,被小心翼翼地运往各地的天文台安装完毕,还需要父亲前往调试,以确保望远镜的运行达到设计标准,通常他一出差就在一个月左右。

为了避免城市的灯光干扰,各地的天文台都建在市郊的高山上。父亲去调试望远镜,业余时间会跟当地天文台的工作人员一起种蔬菜、种西瓜,用以改善生活。那年头儿,人们都讲奉献精神,调试好精密度极高的望远镜,就能开启天文台的观测圆顶室,观察浩瀚星空,研究宇宙的演变与奥秘。这是让人无比欣喜的事情,所以父亲对出差毫无怨言,我们全家也毫无怨言。我和母亲都发现,当父亲出差归来时,那个木讷、谨慎,甚至有点儿刻板和忧郁的工程师会忽然变得浪漫起来。

我记得，父亲到陕西天文台调试望远镜，工作结束时正值临潼的石榴丰收，他带回了6个硕大的石榴。那是物流极不发达的年代，我们这些江南小孩，从来没有见过那么大的石榴。父亲按照临潼小贩教他的方法，在石榴顶上找到一个下刀处，在外皮上轻划了一圈，用力掰开。里面的石榴籽紧紧抱团，晶莹剔透，红润发亮。我们用勺子挖着石榴籽，细细品尝，它的甜是多维的、立体的、丰富的，有些许醇厚甜蜜，还有些许酸爽。我终于明白古诗中为何说："榴枝婀娜榴实繁，榴膜轻明榴子鲜。"繁密的石榴籽，是被怎样的土地孕育着，才有如此滋味？那时候，我就立誓要到北方去，看一看与南方红壤完全不一样的土地。父亲说，只有生长在排水性良好的沙质土壤中，石榴树才能结出如此硕大的果实。

父亲还去过新疆天文台调试望远镜，当时绿皮火车要走56个小时。在漫长的旅程中，父亲带足了榨菜、方便面，还有自己做的紫菜饭卷。等他归来时，他居然带了一个大纸箱，难道父亲带回了新疆的冬不拉？打开纸箱，全家人都笑了，父亲居然带的是新疆的棉花，它们是生长在棉枝上的一朵一朵的棉花哦。

父亲说，调试完望远镜，他去城里办事，搭乘老乡的拖拉机，路过浩瀚无边的棉田，被一望无际的丰收场景震撼，他便用口袋里的清凉油，向棉农换了几枝棉花。棉农困惑地问他："要做一副棉手套，或者一顶厚棉帽，这点棉花不够，要不要多送你一点？"父亲笑着说："够了，千万别把棉花从棉枝上扯下来，我要让两个女儿看一看，真正的棉花是什么样子。"记得那天，我们把家中腌萝卜干的空坛子反复刷洗，接着，这干燥的棉枝被父亲插入坛中，成了家中别致的装饰品。掉落的小棉枝，父亲让我从中扯出棉花来，摸摸里面的棉籽儿。他说："在新疆，许多地方有这样的棉花。那里的棉花质量很好，做一床棉胎，可以用20年都不会扁塌。"

父亲还去过云南天文台。那次他去调试望远镜，我正上高三。母亲觉得在这节骨眼儿上，家里的顶梁柱不应该再出长差。但是，父亲说，云南天文台的这架望远镜，对研究星系的形成和变化有着特殊意义，只有把它装成了，人们对宇宙大尺度结构的研究才能更进一步，所以，他必须去。父亲承诺，等他归来时，会带给我们惊喜。

父亲去了40天，回来时带着从花卉市场批发的一箱子白玫瑰花。我们都吃了一惊——这是他人生中第一次给母亲买花。家里没有这么多花瓶，母亲不仅动用了没有来得及扔掉的白醋瓶、腌腊八蒜的坛子，还抱着余下的玫瑰，送给邻居。令人疑惑的是，在一大捆白玫瑰花的上面，父亲还放了一把蔫掉的硕大花苞，也是洁白的。看上去已经枯萎的花，为什么还要带回来？父亲说："你们不懂，这就是成语'昙花一现'中的昙花呀！昙花是仙人掌科植物，在夜间开花，两三个小时后，这些花朵就枯萎了，必须从花枝上掰下来，否则下一轮花朵就没有力量盛放。"昆明人喜欢用昙花做甜汤，父亲买了8朵昙花，想让我们尝一尝昙花汤的味道。

他将昙花的花萼轻轻去掉，把那些柔弱无骨的花瓣用清水反复冲洗，待将莲子等配料熬够40分钟后，在起锅前加入昙花的花瓣。昙花的花瓣，口感又滑又嫩，带着云贵高原上的清香气。父亲的背包里，还装着昙花的小苗。花农对他说："昙花其实很好养，只是栽种后需要三四年才会开花。你要学会耐心等待。"

这次昆明之行，给父亲带来喜悦的，不仅是望远镜调试成功，还有他归来时，我的高考成绩已经出炉。高过一本线41分的成绩，令他十分满意。他送了我一个礼物作为奖励，那是一架迷你天文望远镜，镜片是父亲跟着云南天文台的磨镜师傅学习并磨制的。满月时，用这台小望远镜可以清清楚楚地看到月亮上的环形山，看到清辉四溢的月亮上，有山地，有凹坑，也有被宇宙风暴吹袭后形成的暗影。

父亲归来那天所带回来的，是外面那个浩瀚无垠的世界。他曾经说，女孩子成长中最要紧的事，就是不局限于眼前的鸡毛蒜皮、些微得失，要看到地球上的千山万水、春华秋实，看到在宇宙星际，自己是一粒多么幸运的尘埃。如果你的视野之内都是乌云，那肯定是因为你站得不够高，眺望得还不够远。归来的那一天，作为父亲，他想给予我的教益，就是如何跳出个人的狭窄视野，去看待这个世界的别致角度，小到一个石榴、一枝棉花，大到一架望远镜。他做到了。

（摘自《读者》2021年第19期）

月光下的母亲

何君华

我跟陈老师说，我母亲病了，我要回去看她。陈老师同意了。

陈老师不可能不同意。因为现在已是下午5点，我在县中学寄宿，我家离学校有30多里。这个时候来请假，想必我母亲病得很重。

我不是一个好学生，我撒了谎。我母亲根本没病，我是饿了，或者说是馋了。学校食堂的饭太难吃了，天天吃咸菜，顿顿吃腌萝卜，我都吃腻了，我要回去吃一碗我母亲做的鸡蛋手擀面。

我最爱吃母亲做的鸡蛋手擀面了。我们学校只有在每月月底两天放假，其他时间学生都在学校寄宿。每个月上学的那天清晨，母亲都会为我做一碗鸡蛋手擀面。上学太没意思了，如果不是这碗鸡蛋手擀面，我想我一天学也不愿上。

我坐最后一趟班车到镇上，镇上已经没有机动车的影子，我只好徒步回家。

　　天上的月亮真大，地上一个行人也没有。我走啊走，肚子饿得发慌，心里只盼着早点吃到母亲做的鸡蛋手擀面，步伐便愈来愈快。

　　走到四流山时，我借着月光看见我们村打谷场上有一个人影。那人正奋力地在木桶上抽打着成垛的麦子。

　　那时，我们那里还没有脱粒机这样的农用机械，即便有也没人用得起，家家户户都是这样手工脱粒。这种脱粒方式速度慢、效率低，要赶在入秋时将全部的谷子脱粒归仓，实在是一项顶耗时费力的大工程，但即便如此，也从来没听说过有人连夜赶着脱粒的。

　　我在心里嘀咕，是谁这么晚还在干活儿呢，心下突然有一种不好的预感。

　　我加快步伐走到家门口，赶紧用手摸门。我的手摸到了一把铁锁。我知道，打谷场上的人不是别人。

　　我哭了。

　　还能是谁呢？别人家都是夫妻二人一起赶工，我父亲在浙江打工，家里家外的活儿只有母亲一个人干，除了她还能是谁呢？

　　我哭了，号啕大哭。

　　母亲做的鸡蛋手擀面好吃，她自己却从来舍不得吃一碗。母亲就这样舍不得吃，舍不得穿，还要没日没夜地干活供我上学……等哭完，我没拿钥匙开门，也没去打谷场喊母亲，而是扭头往学校的方向走去，鸡蛋手擀面也被我全然抛到脑后。

　　我知道路上肯定没有车了，只能徒步回学校，就算这样，我也决计不回头。

　　茫茫月光下，乡村公路上阒寂无人，我一个人赶夜路，却没有感到一丝害怕。我徒步30多里路回到学校时，天已经大亮。

陈老师关切地问我母亲的病怎样了，我说我母亲没病，是我病了。说着，我的眼泪又不争气地落下来，怎么也止不住。

陈老师不明所以地看着我，想问我为什么哭，但似乎很快明白了什么。他终于没开口，只是轻轻地拍了拍我的肩膀。

我知道，我该收起自己的娇贵病，也该认真学习了。

从昨晚到今晨一粒米没进，但我一点儿也不觉得饿，我径直向教室走去。

我以前只知道有人冒着毒辣的阳光干活儿；那一晚，我知道，也有人顶着月光干活儿。

（摘自《读者》2021年第21期）

拉大锯

焦 波

我第一次拉大锯是在12岁时，爹说他比我还早一年。

那是一个假期的早晨，爹给一段最好锯的梧桐木放上墨线，让我跟他一起锯。我从小见别人锯得轻轻松松、欢欢快快，但我第一次把大锯端在手中，却不知怎么拉下第一锯。爹在大锯另一头告诉我，两肩放平，两手端平锯梁，往怀中平拉就是。锯是带齿的，只要移动，自然就越拉越深。爹轻松地拉过去，轮到我拉过来时，不是锯条弹起来落不到墨线上，就是锯齿被卡住拉不动。

爹说："锯条弹起来，是用力小了；锯齿卡住拉不动，是用力大了。应该两手放松，不要死死攥住锯把，这样，心也会放松，锯条才能轻松地拉过来，送过去。"

我照着他的说法试了几下，还行，锯条开始进入木头了。梧桐木木质软，好拉，但锯条也容易走墨。锯条偏右了，我就狠狠抬左臂，右臂使劲往下压，想把锯条折回来走正墨，但越用劲，越不行，锯条离墨越远。爹在另一头知道我拉走墨了，就跟我换过位置来，告诉我不要心急，不要用力太大，要把锯抬起，轻飘飘地往正墨上靠，这样锯条便走正道了。另外，初拉大锯，要目不斜视，才看得准，拉得准。我按爹说的话去做，虽说拉得好了一些，但还是"飞龙走蛇"，锯条弯来弯去。这一天，把两厘米厚的板子，拉得厚薄不平。

第二天再拉，我不紧张了，锯也拉好了。那时我个子矮，大人站在地上，我得站在矮凳上。到了十六七岁，我才能和爹站着平拉。但遇到长木头，两个人都须站到长凳上。我喜欢拉更长的木头，如果在两米以上，凳子就要搭得很高，站在上边，虽晃晃悠悠有些不稳，但居高临下看四周，很神气。后来，我不但学会了拉一抽锯，还学会了拉三抽锯。三抽锯就是拉过一段长的，再带两段小的，锯条的声响便由一抽锯的"嚓、嚓"变为"嚓、嚓嚓"，十分欢快。爹给拉三抽锯起了个挺有诗意的名字，叫"凤凰三点头"。爹说："名字虽好听，拉起来也欢快，出活却少，不如一抽锯，一下是一下，送拉的锯条长，出活多。"

拉大锯，拉个一天半天还耐得住劲，若拉时间长了，就觉得音调乏味了。记得上初中时有一个暑假，我拉了20天大锯，便想打退堂鼓。

爹看我不高兴，就对我说："学木匠要先拉3年大锯，你知道为啥？不是说拉3年才能学会，是3年中让你悟两个理：一是懂得两个人配合才能完成一件事，不论干啥事，都要讲合作；二是磨磨性子，干事不图虚，要脚踏实地、一心一意。这两个理悟通了，即使这辈子不干木匠，你干啥都能干好。"

真没想到，在平平常常的拉大锯上，爹还讲出了这么多的道理。

当然，那时我还不完全懂。等我走上社会，经过了许许多多的坎坷以后，回过头再回味一下爹的话，才理解了其中的含义。

搞摄影，干事业，还有做人，我何尝不是像拉大锯那样，目不斜视，照着墨线，一锯一锯地"拉"呢。

（摘自《读者》2021年第24期）

第一支钢笔

梁晓声

它是黑色的,笔身粗大,外观笨拙。全裸的笔尖、旋拧的笔帽。胶皮笔囊内没有夹管,吸墨水时,需要捏一下,才会缓慢鼓起。墨水吸得太足,写字时笔尖常常"呕吐",弄脏纸和手。我使用它,已经二十多年了。笔尖劈过、断过,被我磨齐了,也磨短了。笔尖也很粗,写一个笔画多的字,大稿纸的两个格子也容不下。我已不能再用它写作,只能写便笺或信封。

它是我使用的第一支钢笔,是母亲给我买的。那一年,我升入小学五年级。学校规定,每星期有两堂钢笔写字课。某些作业,老师要求学生必须用钢笔完成。全班每个同学,都有一支崭新的钢笔。有的同学甚至有两支。我却没有钢笔可用,连一支旧的也没有。我只有蘸水钢笔,每次写完作业,右手总被墨水染蓝。染蓝了的手又将作业本弄脏。我常因此而感到委屈,做梦都想得到一支崭新的钢笔。

一天，我终于哭闹起来，折断了那支蘸水笔，逼着母亲非立刻给我买一支吸水钢笔不可。

母亲对我说："孩子，妈妈不是答应过你，等你爸爸寄回钱来，一定给你买支吸水钢笔吗？"

我不停地哭闹，喊叫："不，不，我今天就要。你借钱去给我买。"

母亲叹了口气，为难地说："你这孩子，真不懂事。这个月买粮的钱，是向邻居借的；交房费的钱，是向领导借的；给你妹妹看病，还是向领导借的钱。为了今天给你买一支吸水钢笔，你就非逼着妈妈再去向邻居借钱吗？这叫妈妈怎么张得开口啊？"

我却不管母亲好不好意思再向邻居张口借钱，哭闹得更凶了。母亲心烦了，打了我两巴掌。我赌气哭着跑出了家门……那天下雨，我没有回家，在雨中游荡了大半日，衣服淋湿了，头脑也被淋得清醒了，心中不免后悔自责起来。是啊，家里生活困难，仅靠在外地工作的父亲每月寄回的几十元过日子，母亲不得不经常向邻居开口借钱。母亲是个很顾脸面的人，每次向邻居借钱，都需鼓起一番勇气。

我怎么能为了买一支吸水钢笔，就那样为难母亲呢？我觉得自己真是太对不起母亲了。

于是，我产生了一个念头，要靠自己挣钱买一支钢笔。这个念头一产生，我就冒雨朝火车站走去。火车站附近有座坡度很陡的桥，一些大孩子常等在坡下，帮拉货的手推车车夫们把车推上坡，可讨得五分钱或一角钱。

我走到那座大桥下，等待许久，不见有手推车来。雨越下越大，我只好站到一棵树下躲雨。雨点噼噼啪啪地抽打着肥大的杨树叶，雨水冲刷着马路。马路上不见一个行人，只有公共汽车偶尔驶来驶去。远处除了几根电线杆子，就迷迷蒙蒙地看不清楚什么了。

我正感到沮丧，想离开，雨又太大，可等下去，肚子又饿。忽然我发现了一辆手推车，装载着几层高高的木箱子，遮盖着雨布。拉车人在大雨中缓慢地、一步步地朝这里拉来。看得出，那人拉得非常吃力，腰弯得很低，上身几乎俯得与地面平行了，两条裤腿都挽到膝盖以上，双臂拼力压住车把，每迈一步，似乎都使出了浑身的劲儿。那人没穿雨衣，头上戴顶草帽。由于他上身俯得太低，我无法看见他的脸，也不知他是个老头儿，还是个小伙儿。

他刚将车拉到大桥坡下，我便从树下一跃而出，大声地问："要帮一把吗？"

他应了一声。我没听清他应的是什么，但明白是他正需要我"帮一把"的意思，就赶快绕到车后，一点儿也不隐藏力气地推起来。木箱子里装的不知是何物，非常沉。还未推到半坡，我便一点儿力气也没有了，双腿发软，气喘吁吁。那时我才知道，对有些人来说，钱并非容易挣到的。即使一角钱，也是不容易挣到的。我还空着肚子呢。我又推着走了几步，实在推不动，便产生了"偷劲"的念头，反正拉车人是看不见我的。我刚刚松懈了一下，就感觉到车轮顺坡倒转。不行，这车不容我"偷劲"。那拉车人，也肯定是凭着最后一点儿力气在坚持，在顽强地向坡上拉。我不忍心"偷劲"了，咬紧牙关，憋足一股力气，发出一个孩子用力时的声音，一步接一步，机械地向前迈动步子。

车轮忽然迅速转动起来。我这才知道，我已经将车推上了坡，车子开始下坡了。手推车飞快朝坡下冲，那拉车人身子太轻，压不住车把，反被车把挑得悬起来，脚离开了地面，控制不住车的方向。幸亏车并未偏往马路中间，始终贴着人行道边，一直滑到坡底才缓缓停下。

我一直跟在车后跑。车停了，我也站住了。那拉车人刚转过身，我便向他伸出一只手，大声说："给钱。"那拉车人呆呆地望着我，一动不动，既不掏钱，也不说话。我仰起脸看他，不由得愣住了。"他"……原来是母亲。雨水，混合着汗水，从母亲憔悴的脸上直往下淌。母亲的衣服完全被淋透了，像从水里捞出来的一样，湿漉漉地贴在身上，显出她那瘦削的两肩的轮廓。她的胸口剧烈地起伏着，脸色苍白，大口大口地喘着气。

　　我望着母亲，母亲也望着我，我们母子完全怔住了。就在那一天，我得到了那支钢笔，梦寐以求的钢笔。母亲将它放在我手中时，满怀期望地说："孩子，你要用功读书啊。你要是不用功读书，就太对不起妈妈了……"在我的学生时代，我一刻都没有忘记母亲满怀期望对我说的这番话。如今，二十多年过去了，我已经是个成年人，母亲也已变成老太婆。那支笔，可以说早已完成它的历史使命，但我要永远保存它，永远珍视它，永远不抛弃它。

（摘自《读者》2022年第7期）

较真儿

焦　波

爹脾气倔，加上当了一辈子木匠，干啥都较真儿。

小时候，常听爹背诵他小时学过的课文。有一篇写长城的，其中有两句："山海关前多景致，八达岭上好风光。"我问爹"八达岭"是啥，他说是一座山岭，在北京。"离天安门多远？"我问。爹答不上来。过了几天，他告诉我，八达岭在北京西北边，离天安门有140里路。为这事，他专门去问了刚从北京回来的邻居四哥。

爹常挂在嘴边的口头语是："丁是丁，卯是卯，木匠手中的尺子是'规矩'，差一分一厘，就是胡来。"1959年，邻村的李木匠到北京建人民大会堂回来，爹到他家打听人民大会堂的规模，知道了人民大会堂柱子的直径是1.5米。

他又问："天安门门洞有多长？"

李木匠说:"30来米吧。"

"到底三十几米?"爹又问。

"你管那么多干吗!难道你还要建一座天安门?"爹的较真儿碰了壁。

1996年深秋,我把爹娘接到北京游览,爹总算有机会对关心的事较真儿了。

爹娘晚9点到北京,第二天就去逛颐和园。

我们从朝阳门出了地铁站。上了车,爹告诉娘,出地铁站的台阶是96级。这是他一步一步数过的。

在颐和园,娘悄悄问我:"毛主席住哪间屋?"

这话被爹听到了,他较真儿起来:"这叫颐和园,是慈禧太后的别墅。毛主席住在中南海。"

爹跟娘较真儿没用,娘只知道毛主席住在北京。

第二天,爹娘在毛主席纪念堂瞻仰过毛主席遗容后,就去了天安门。爹一个一个地数城门上的门钉,又量了量门的宽度和厚度,然后开始用拐杖一下一下量天安门城楼的门洞长度。他一边量,一边报数。游人看见一个老头子在量天安门,觉得好奇,便聚拢过来看,许多人还帮爹报数。

爹:"1、2、3……"

游人们喊:"4、5、6……"

量完了,爹满意地说:"43米长,我终于弄明白了!回去谁要再乱说,我就告诉他,我亲自量过!"

在故宫太和殿前,爹娘合抱殿前的大柱子,看究竟有多粗。第三天游览长城时,他又用步量两个烽火台之间的距离,用手量长城砖的长宽厚度。当了一辈子木匠的爹,手指、胳膊、拐杖甚至眼睛都能量出精确的尺度。

爹较真儿的事，在第六天达到高潮。要离京回山东了，在招待所柜台结账时，爹说应该多交5块钱，服务员和值班经理不解。

爹说："我不小心把一个茶杯碰到地上了，虽说没打破，茶杯却裂了一条纹，说不定哪天就要破。我看过住房须知，杯子标价5元，所以要照价赔偿。"

值班经理听老人这么一说，十分感动："老人家，就别赔了！有您这句话就行了！"

爹说："招待所的'须知'就是'规矩'，这就像俺当木匠用的尺子一样，无规矩，不成方圆，俺一辈子都认这个死理。"

值班经理竖起大拇指，用地道的北京话说："老人家，您真较真儿啊！"

出了门，娘用"挖苦"的口气笑着对爹说："没想到你小气了一辈子，今天倒大方了。"

爹急了，吼起来："那是在家，这是在哪儿？咱丢人不能丢在北京！"

（摘自《读者》2022年第4期）